LETTRE D'UNE INCONNUE

Né à Vienne en 1881, fils d'un industriel, Stefan Zweig a pu étudier en toute liberté l'histoire, les belles-lettres et la philosophie. Grand humaniste, ami de Romain Rolland, d'Émile Verhaeren et de Sigmund Freud, il a exercé son talent dans tous les genres (traductions, poèmes, roman, pièces de théâtre) mais a surtout excellé dans l'art de la nouvelle (*La Confusion des sentiments*, *Vingt-quatre heures de la vie d'une femme*), l'essai et la biographie (*Marie-Antoinette, Fouché, Magellan...*). Désespéré par la montée du nazisme, il fuit l'Autriche en 1934, se réfugie en Angleterre puis aux États-Unis. En 1942, il se suicide avec sa femme à Petrópolis, au Brésil.

Paru dans Le Livre de Poche :

AMERIGO
AMOK
AMOK *suivi de* LETTRE
    D'UNE INCONNUE
L'AMOUR D'ERIKA EWALD
BALZAC, LE ROMAN DE SA VIE
LE BRÉSIL, TERRE D'AVENIR
BRÛLANT SECRET
CLARISSA
LE COMBAT AVEC LE DÉMON
LA CONFUSION DES SENTIMENTS
CONSCIENCE CONTRE VIOLENCE
CORRESPONDANCE (1897-1919)
CORRESPONDANCE (1920-1931)
CORRESPONDANCE (1932-1942)
DESTRUCTION D'UN CŒUR
ÉMILE VERHAEREN
ÉRASME
ESSAIS *(La Pochothèque)*
FOUCHÉ
LES GRANDES BIOGRAPHIES
    (La Pochothèque)
LA GUÉRISON PAR L'ESPRIT
HOMMES ET DESTINS
IVRESSE DE LA MÉTAMORPHOSE
LE JOUEUR D'ÉCHECS
LÉGENDE D'UNE VIE
MAGELLAN

MARIE-ANTOINETTE
MARIE STUART
LE MONDE D'HIER
PAYS, VILLES, PAYSAGES
LA PEUR
LA PITIÉ DANGEREUSE
PRINTEMPS AU PATER *suivie*
    de LA SCARLATINE
LES PRODIGES DE LA VIE
ROMAIN ROLLAND
ROMANS ET NOUVELLES
    (La Pochothèque)
ROMANS, NOUVELLES ET
    THÉÂTRE *(La Pochothèque)*
SIGMUND FREUD
LES TRÈS RICHES HEURES
    DE L'HUMANITÉ
TROIS MAÎTRES (BALZAC,
    DICKENS, DOSTOÏEVSKI)
TROIS POÈTES DE LEUR VIE
UN MARIAGE À LYON
UN SOUPÇON LÉGITIME
VINGT-QUATRE HEURES
    DE LA VIE D'UNE FEMME
LE VOYAGE DANS LE PASSÉ
VOYAGES
WONDRAK

STEFAN ZWEIG

Lettre d'une inconnue

suivi de

La Ruelle au clair de lune

TRADUCTION PAR ALZIR HELLA ET OLIVIER BOURNAC
REVUE PAR BRIGITTE VERGNE-CAIN ET GÉRARD RUDENT

LE LIVRE DE POCHE

Titre original :

BRIEF EINER UNBEKANNTEN
DIE MONDSCHEINGASSE
Insel Verlag, Leipzig, 1922.

Correcteur d'imprimerie, syndicaliste et anarchiste, Alzir Hella (1881-1953) fut à la fois le traducteur, l'agent littéraire et un ami très proche de Stefan Zweig, qu'il contribua à faire connaître en France. Comme l'écrit Dominique Bona, « Alzir Hella accomplira au service de l'œuvre de Zweig un travail considérable pendant de longues années, et lui amènera un de ses publics les plus enthousiastes ». Alzir Hella traduisit également d'autres auteurs de langue allemande, notamment *À l'ouest rien de nouveau* d'Erich Maria Remarque.

ISBN : 978-2-253-17547-6 – 1re publication LGF

LETTRE D'UNE INCONNUE

Cette chronique vibrante d'un amour fou est sans doute l'un des récits de Stefan Zweig les plus appréciés. C'est une « confidence crépusculaire » à l'état pur, et elle manifeste d'une manière paradoxale, qui en redouble la puissance d'émotion, combien la parole, malgré tout, libère. Parole ici féminine s'il en est, d'une Inconnue entrée dans nos mémoires.

Dans ce texte aussi, Zweig a fait appel à sa forme préférée, la « nouvelle enchâssée » : le vaste retour en arrière que constitue la lettre de l'inconnue est précédé d'une brève exposition (où l'on apprend dans quelles circonstances le manuscrit a été trouvé) et suivi d'un épilogue tout aussi concis (qui décrit l'impression produite sur le destinataire et, très subtilement, ramène le lecteur à un point de départ désormais lumineux). Et l'art avec lequel Zweig use de cette forme témoigne d'un grand raffinement. En effet, le lien qui unit le « récit encadré » au « récit-cadre » est régulièrement rappelé à l'esprit du lecteur, et ce, non seulement par des phrases où l'inconnue, interpellant l'homme de sa vie, se projette dans son présent, où, donc, il y a retour au temps du premier récit, mais aussi par des leitmotive, fréquents, brefs et insistants (« mon bien-aimé »), ou plus espacés et donnant lieu à des variations assez élaborées (l'amorce étant fournie par la phrase « Mon

enfant est mort hier »), *qui sont une sorte de ponctua-
tion musicale du texte.*

On trouve la même subtilité dans la façon dont
l'œuvre progresse. En effet, à chaque extension du
leitmotiv de départ correspond une nouvelle étape
dans la révélation du « secret ». D'abord intrigué par
l'en-tête de la lettre (et mis un peu mal à l'aise par
la tonalité morbide de la scène nocturne du début),
le lecteur découvre bientôt l'amour fou que la jeune
fille de treize ans a voué jadis à l'écrivain de vingt-
cinq ans, sans le lui dévoiler, et que la femme adulte
continue d'entretenir. Une telle passion possessive,
dont tous les prolongements sont peu à peu distillés,
rappelle l'attachement d'Edgar pour le baron (dans
Brûlant secret[1]) et préfigure celui de Roland pour
le professeur (dans La Confusion des sentiments[2]),
de sorte qu'on pourrait voir dans la Lettre d'une
inconnue une sorte de transition entre les amours
adolescentes décrites dans le recueil intitulé Première
expérience et les amours de l'âge mûr. Cela dit, cette
passion, qui tire une bonne part de sa substance du
mystère absolu dont elle s'entoure, présente d'indé-
niables aspects délirants, obsessionnels et pervers,
ainsi qu'une tendance « fatale » à l'autodestruction.
C'est donc plutôt avec deux autres nouvelles, Amok[3]
et La Ruelle au clair de lune, que le rapprochement
paraît s'imposer.

La Lettre d'une inconnue, qui est vite devenue une
œuvre très populaire, a été adaptée pour le cinéma en
1943 (Brief einer Unbekannten de Hannu Leminen),*

---

1. Le Livre de Poche n° 15353.
2. Le Livre de Poche n° 9521.
3. Le Livre de Poche n° 32954.

puis en 1948 (Letter from an Unknown Woman *de Max Ophüls, avec Joan Fontaine et Louis Jourdan).*

★

Cette nouvelle a d'abord paru séparément en 1922 dans le grand quotidien viennois Neue Freie Presse *(numéro daté du 1ᵉʳ janvier). Elle portait alors comme titre* Der Brief einer Unbekannten *(et non pas, comme plus tard,* Brief einer Unbekannten*). Elle fut regroupée, la même année, avec d'autres nouvelles pour former le volume intitulé* Amok. Novellen einer Leidenschaft *(*Amok. Nouvelles d'une passion, *Leipzig, Insel Verlag). Puis elle fit à nouveau l'objet d'une publication sépa-rée, toujours en 1922, mais à Dresde (Lehmannsche Verlagshandlung,   Deutsche   Dichterhandschriften, tome 13).*

La traduction française, par Alzir Hella et Olivier Bournac, a paru en 1927 aux éditions Stock, dans un recueil intitulé Amok *où elle figurait entre la nouvelle-titre et* Les Yeux du frère éternel. *La composition de ce recueil fut modifiée en 1930, la dernière nouvelle étant remplacée par* La Ruelle au clair de lune. *Réimpression en 1979.*

B. V.-C. et G. R.

Ouvre-toi, monde souterrain des passions[1] !
Et vous, ombres rêvées, et pourtant ressenties,
Venez coller vos lèvres brûlantes aux miennes,
Boire à mon sang le sang, et le souffle à ma bouche !

Montez de vos ténèbres crépusculaires,
Et n'ayez nulle honte de l'ombre que dessine autour de
[vous la peine !
L'amoureux de l'amour veut vivre aussi ses maux,
Ce qui fait votre trouble m'attache aussi à vous.

Seule la passion qui trouve son abîme
Sait embraser ton être jusqu'au fond ;
Seul qui se perd entier est donné à lui-même,

Alors, prends feu ! Seulement si tu t'enflammes,
Tu connaîtras le monde au plus profond de toi !
Car au lieu seul où agit le secret, commence aussi la vie.

---

1. Ce sonnet précédait le recueil *Amok*, sous-titré *Nouvelles d'une passion*, publié en 1922. Il était dédié « À Frans Masereel, l'artiste et l'ami fraternel ». Il fut publié pour la première fois en français en 1991 dans le volume 1 de la Pochothèque.

R..., le romancier à la mode, rentrait à Vienne de bon matin après une excursion de trois jours dans la montagne. Il acheta un journal à la gare ; ses yeux tombèrent sur la date, et il se rappela aussitôt que c'était celle de son anniversaire. « Quarante et un ans », songea-t-il, et cela ne lui fit ni plaisir ni peine. Il feuilleta sans s'arrêter les pages crissantes du journal, puis il prit un taxi et rentra chez lui. Son domestique, après lui avoir appris que pendant son absence il y avait eu deux visites et quelques appels téléphoniques, lui apporta son courrier sur un plateau. Le romancier regarda les lettres avec indolence et déchira quelques enveloppes dont les expéditeurs l'intéressaient. Tout d'abord, il mit de côté une lettre dont l'écriture lui était inconnue et qui lui semblait trop volumineuse. Le thé était servi ; il s'accouda commodément dans son fauteuil, parcourut encore une fois le journal et quelques imprimés ; enfin il alluma un cigare et prit la lettre qu'il avait mise de côté.

C'étaient environ deux douzaines de pages rédigées à la hâte, d'une écriture agitée de femme, un manuscrit plutôt qu'une lettre. Involontairement, il tâta encore une fois l'enveloppe pour voir s'il n'y avait pas laissé quelque lettre d'accompagnement. Mais l'enveloppe était vide et, comme les feuilles elles-mêmes, elle ne portait ni adresse d'expéditeur, ni signature. « C'est

étrange », pensa-t-il, et il reprit les feuilles. Comme
épigraphe ou comme titre, le haut de la première page
portait ces mots : *À toi qui ne m'as jamais connue.* Il
s'arrêta étonné. S'agissait-il de lui ? S'agissait-il d'un
être imaginaire ? Sa curiosité s'éveilla. Et il se mit à
lire.

Mon enfant est mort hier – trois jours et trois nuits,
j'ai lutté avec la mort pour sauver cette petite et tendre
existence ; pendant quarante heures je suis restée assise
à son chevet, tandis que la grippe secouait son pauvre
corps brûlant de fièvre. J'ai rafraîchi son front en feu ;
j'ai tenu nuit et jour ses petites mains fébriles. Le troisième soir, j'étais à bout de forces. Mes yeux n'en pouvaient plus ; ils se fermaient d'eux-mêmes à mon insu.
C'est ainsi que je suis restée trois ou quatre heures
endormie sur ma pauvre chaise, et pendant ce temps, la
mort a pris mon enfant. Maintenant il est là, le pauvre
et cher petit, dans son lit étroit d'enfant, tout comme
au moment de sa mort ; seulement, on lui a fermé les
yeux, ses yeux sombres et intelligents ; on lui a joint les
mains sur sa chemise blanche, et quatre cierges brûlent
haut, aux quatre coins du lit. Je n'ose pas regarder ; je
n'ose pas bouger, car, lorsque les flammes vacillent,
des ombres glissent sur le visage et sur la bouche close,
et il me semble que ses traits s'animent et je pourrais
croire qu'il n'est pas mort, qu'il va se réveiller et, de sa
voix claire, me dire quelques mots de tendresse enfan-
tine. Mais je le sais, il est mort, et je ne veux plus regarder, pour n'avoir plus encore à espérer et pour n'être
plus encore une fois déçue. Je le sais, je le sais, mon
enfant est mort hier – maintenant, je n'ai plus que toi
au monde, que toi qui ne sais rien de moi et qui, à cette
heure, joues peut-être, sans te douter de rien, ou qui

t'amuses avec les hommes et les choses. Je n'ai que toi, toi qui ne m'as jamais connue et que j'ai toujours aimé.

J'ai pris le cinquième cierge et je l'ai posé ici sur la table, sur laquelle je t'écris. Car je ne peux pas rester seule avec mon enfant mort, sans crier de toute mon âme. Et à qui pourrais-je m'adresser, à cette heure effroyable, sinon à toi, toi qui as été tout pour moi et qui l'es encore? Je ne sais si je m'exprime assez clairement, peut-être ne me comprends-tu pas? – ma tête est si lourde; mes tempes battent et bourdonnent; mes membres me font si mal. Je crois que j'ai la fièvre; et peut-être aussi la grippe[1], qui maintenant rôde de porte en porte, et cela vaudrait mieux, car ainsi je partirais avec mon enfant, et je ne serais pas obligée de me faire violence. Parfois un voile sombre passe devant mes yeux; peut-être ne serai-je même pas capable d'achever cette lettre; mais je veux recueillir toutes mes forces pour te parler une fois, rien que cette seule fois, ô mon bien-aimé, toi qui ne m'as jamais connue.

C'est à toi seul que je veux m'adresser; c'est à toi que, pour la première fois, je dirai tout; tu connaîtras toute ma vie, qui a toujours été à toi et dont tu n'as jamais rien su. Mais tu ne connaîtras mon secret que lorsque je serai morte, quand tu n'auras plus à me répondre, quand ce qui maintenant fait passer dans mes membres à la fois tant de glace et tant de feu m'aura définitivement emportée. Si je dois survivre, je déchirerai cette lettre, et je continuerai à me taire, comme je me suis toujours tue. Mais si elle arrive entre tes mains, tu sauras que c'est une morte qui te raconte sa vie, sa vie qui a été

---

1. Il faut rappeler l'épidémie mondiale de grippe qui fit en tout vingt millions de morts, quelques années seulement avant la publication du présent récit, en 1922.

à toi, de sa première à sa dernière heure de conscience.
N'aie pas peur de mes paroles : une morte ne réclame
plus rien ; elle ne réclame ni amour, ni compassion, ni
consolation. La seule chose que je te demande, c'est
que tu croies tout ce que va te révéler ma douleur qui se
réfugie vers toi. Crois tout ce que je te dis, c'est la seule
prière que je t'adresse ; on ne ment pas à l'heure de la
mort de son unique enfant.

Je veux te révéler toute ma vie, cette vie qui véritablement n'a commencé que du jour où je t'ai connu.
Auparavant, ce n'était qu'une chose trouble et confuse,
dans laquelle mon souvenir ne se replongeait jamais ;
c'était comme une cave où la poussière et les toiles
d'araignée recouvraient des objets et des êtres aux
vagues contours, et dont mon cœur ne sait plus rien.
Lorsque tu arrivas, j'avais treize ans, et j'habitais dans
la maison que tu habites encore, dans cette maison où
tu tiens maintenant entre tes mains cette lettre, mon dernier souffle de vie ; j'habitais sur le même palier, précisément en face de la porte de ton appartement. Tu ne te
souviens certainement plus de nous, de la pauvre veuve
d'un fonctionnaire des finances (elle était toujours en
deuil) et de sa maigre adolescente ; nous vivions tout à
fait retirées et comme perdues dans notre médiocrité de
petits-bourgeois. Tu n'as peut-être jamais connu notre
nom, car nous n'avions pas de plaque sur notre porte, et
personne ne venait nous voir, personne ne venait nous
demander. C'est qu'il y a si longtemps déjà, quinze
à seize ans ! Certainement tu ne te le rappelles plus,
mon bien-aimé ; mais moi, oh ! je me souviens passionnément du moindre détail ; je sais encore, comme si
c'était hier, le jour et même l'heure où j'entendis parler de toi pour la première fois, où pour la première
fois je te vis, et comment en serait-il autrement puisque
c'est alors que l'univers s'est ouvert pour moi ? Per-

mets, mon bien-aimé, que je te raconte tout, tout depuis le commencement; daigne, je t'en supplie, ne pas te fatiguer d'entendre parler de moi pendant un quart d'heure, moi qui, toute une vie, ne me suis pas fatiguée de t'aimer.

Avant ton arrivée dans notre maison, habitaient derrière ta porte de méchantes gens, haïssables et querelleurs. Pauvres comme ils étaient, ce qu'ils détestaient le plus, c'étaient leurs voisins indigents, nous-mêmes, parce que nous ne voulions rien avoir de commun avec leur vulgarité grossière de déclassés. L'homme était un ivrogne; il battait sa femme; souvent nous étions réveillés dans la nuit par le vacarme des chaises renversées et des assiettes brisées; une fois, la femme frappée jusqu'au sang, les cheveux en désordre, courut dans l'escalier; l'ivrogne cria derrière elle jusqu'à ce que les voisins, sortis de chez eux, l'aient menacé d'aller chercher la police. Ma mère avait, de prime abord, évité toute relation avec eux, et elle me défendait de parler aux enfants qui se vengeaient sur moi en toute occasion. Quand ils me rencontraient dans la rue, ils criaient derrière moi des mots orduriers, et un jour ils me lancèrent des boules de neige si dures que mon front en fut ensanglanté. Toute la maison haïssait d'un instinct unanime ces gens-là, et lorsqu'un jour ils eurent une histoire fâcheuse (je crois que l'homme fut emprisonné pour vol) et qu'ils furent obligés de vider les lieux, nous respirâmes tous. Pendant quelques jours l'écriteau « À louer » fut accroché à la porte de l'immeuble, puis il fut enlevé, et on apprit vite par le concierge qu'un écrivain, un monsieur seul et tranquille, avait pris l'appartement. C'est alors que j'entendis prononcer ton nom pour la première fois.

Au bout de quelques jours vinrent des peintres, des décorateurs, des plâtriers, des tapissiers, pour remettre en état l'appartement quitté par ses crasseux occupants ; ce n'étaient que coups de marteaux, que bruits d'outils, de nettoyage et de grattage ; mais ma mère n'en était nullement gênée, car elle disait qu'enfin les méchantes scènes de ménage d'à côté étaient bien finies. Toi-même, je ne t'aperçus pas de tout le temps que dura le déménagement : tous les travaux étaient surveillés par ton domestique, ce domestique si bien stylé, petit, sérieux, les cheveux gris, qui dirigeait tout de haut avec des manières posées et assurées. Il nous en imposait à tous beaucoup, d'abord parce que, dans notre immeuble des faubourgs, un domestique bien stylé, sentant le grand monde, était quelque chose de tout nouveau, et ensuite parce qu'il était extraordinairement poli envers chacun, sans cependant se familiariser avec la valetaille et la traiter en camarade. Dès le premier jour, il salua respectueusement ma mère comme une dame, et même envers moi, qui n'étais qu'une gamine, il se montrait toujours affable et très sérieux. Lorsqu'il prononçait ton nom, c'était toujours avec une certaine révérence, une considération particulière : on se rendait compte aussitôt qu'il t'était attaché bien plus que les serviteurs ne le sont habituellement. Ah ! comme je l'ai aimé pour cela, le bon vieux Johann, bien que je l'enviasse d'être toujours autour de toi et de te servir !

Je te raconte tout cela, mon bien-aimé, toutes ces petites choses, ridicules presque, pour que tu com-prennes comment, dès le début, tu as pu acquérir une telle autorité sur l'enfant craintive et timide que j'étais. Avant même que tu fusses entré dans ma vie, il y avait déjà autour de toi comme un nimbe, comme une auréole de richesse, d'étrangeté et de mystère : tous, dans le petit immeuble des faubourgs (les hommes qui mènent une vie étroite sont toujours curieux de toutes les nouveautés qui passent devant leur porte), nous

attendions impatiemment ton arrivée. Et cette curiosité que tu m'inspirais, combien ne s'accrut-elle pas
en moi, lorsqu'un après-midi, rentrant de l'école, je vis
devant notre maison la voiture de déménagement ! La
plupart des meubles, les plus lourds, avaient déjà été
montés dans l'appartement, et maintenant on transpor-
tait les plus légers, l'un après l'autre. Je restai debout
sur la porte pour pouvoir tout admirer, car ton mobilier
était pour moi si étrange que je n'en avais jamais vu de
semblable ; il y avait là des idoles hindoues, des sculp-
tures italiennes, de grands tableaux très colorés, puis
pour finir, vinrent des livres, si nombreux et si beaux
que je n'aurais pu imaginer rien de pareil. On les entas-
sait tous sur le seuil et là le domestique les prenait un à
un et les époussetait soigneusement avec un plumeau.
Je rôdais curieusement autour de la pile, qui montait
toujours ; le domestique ne me repoussa pas, mais il ne
m'encouragea pas non plus, de telle sorte que je n'osais
en toucher aucun, bien que j'eusse aimé à palper le cuir
moelleux d'un grand nombre d'entre eux. Je ne pus que
regarder les titres, de côté, et craintivement ; il y avait
parmi eux des livres français et anglais ; certains autres
dans des langues qui m'étaient inconnues. Je crois que
je les aurais tous contemplés pendant des heures, mais
ma mère m'appela.

Toute la soirée je fus forcée de penser à toi, et pourtant je ne t'avais pas encore vu. Je ne possédais, moi,
qu'une douzaine de livres bon marché et reliés en car-
ton, tout usés, que j'aimais par-dessus tout et que je
relisais sans cesse ; dès lors l'idée m'obséda de savoir
comment pouvait bien être cet homme qui possédait
et qui avait lu cette multitude de livres superbes, qui
connaissait toutes ces langues, qui était à la fois si
riche et si savant. Une sorte de respect surnaturel s'unis-
sait pour moi à l'idée de tant de livres. Je cherchais

à me représenter quelle était ta physionomie. Tu étais un homme âgé, avec des lunettes et une longue barbe blanche, semblable à notre professeur de géographie, seulement bien plus aimable, bien plus beau et plus doux ; je ne sais pas pourquoi j'en étais alors déjà certaine, mais tu devais être beau, même quand je pensais à toi comme à un homme âgé. Cette nuit-là, et sans te connaître encore, j'ai rêvé à toi pour la première fois.

Le lendemain tu vins t'installer, mais j'eus beau te guetter, je ne pus pas t'apercevoir ; ma curiosité ne fit que s'accroître. Enfin, le troisième jour, je te vis, et combien ma surprise fut profonde de constater que tu étais si différent de ce que j'avais cru, sans aucun rapport avec l'image de Dieu le Père que je m'étais puérilement figurée ! J'avais rêvé d'un bon vieillard à lunettes, et voici que c'était toi, toi, tout comme tu es aujourd'hui encore, toi l'immuable, sur qui les années glissent sans t'atteindre ! Tu portais un ravissant costume de sport, brun clair, et tu montais l'escalier en courant, avec ton incomparable agilité de jeune garçon, montant toujours deux marches à la fois. Tu avais ton chapeau à la main, et c'est ainsi qu'avec un étonnement indescriptible je contemplai ton visage plein de vie et de clarté, aux cheveux d'adolescent : véritablement je tressaillis de surprise en voyant combien tu étais jeune, joli, souple, svelte et élégant. Et ce n'est pas étonnant : dès cette première seconde, j'éprouvai très nettement ce que tout le monde comme moi éprouve à ton aspect, ce que l'on sent d'une manière unique et avec une sorte de surprise : il y a en toi deux hommes – un jeune homme ardent, gai, tout entier au jeu et à l'aventure, et, en même temps, dans ton art, une personnalité d'un sérieux implacable, fidèle au devoir, infiniment cultivée et raffinée. Je sentis inconsciemment ce que tout le monde devina lorsqu'on te connut : que tu mènes une

double vie, une vie dont une face claire est franchement tournée vers le monde, et l'autre, plongée dans
l'ombre, qui n'est connue que de toi seul. Cette profonde dualité, le secret de ton existence, cette enfant
de treize ans magiquement fascinée par toi l'a sentie au
premier coup d'œil.

Tu comprends déjà, mon bien-aimé, quelle mer-
veille, quelle attirante énigme tu devais être pour
moi… pour moi, une enfant. Un être que l'on vénérait
parce qu'il écrivait des livres, parce qu'il était célèbre
dans le vaste monde, le découvrir tout à coup sous les
traits d'un jeune homme de vingt-cinq ans, élégant et
d'une gaieté d'adolescent ? Dois-je te dire encore qu'à
partir de ce jour-là, dans notre maison, dans tout mon
pauvre univers d'enfant, rien ne m'intéressa plus, si ce
n'est toi, et que, avec tout l'entêtement et toute l'obsé-
dante ténacité d'une fillette de treize ans, je n'eus plus
qu'une seule préoccupation : tourner autour de ta vie
et de ton existence ! Je t'observais, j'observais tes habitudes, j'observais les gens qui venaient chez toi ; et tout
cela, au lieu de diminuer la curiosité que tu m'inspirais,
ne faisait que l'accroître, car le caractère double de ton
être s'exprimait parfaitement dans la diversité de ces
visites. Il venait de jeunes hommes, tes camarades, avec
lesquels tu riais et tu étais exubérant, des étudiants à la
mise modeste, et puis des dames qui arrivaient dans des
automobiles, une fois même le directeur de l'Opéra[1], le
grand chef d'orchestre que je n'avais aperçu que de loin,

---

1. Entre 1918 et 1924, c'est Richard Strauss, le grand composi-
teur qui, après la mort en 1929 de son librettiste d'élection, Hugo
von Hofmannsthal, allait demander un livret à Zweig : *La Femme
silencieuse*, d'après Ben Jonson, opéra qui fut créé à Dresde en
1936 (et en l'absence de Zweig, alors en exil à Londres). Curieuse
péripétie musicalo-politique de la machine nazie…

à son pupitre, et dont la vue m'emplissait de respect, et puis aussi de petites gamines qui allaient encore à l'école de commerce et qui se glissaient avec embarras à travers la porte : en somme, beaucoup de femmes. Cela ne signifiait pour moi rien de particulier, même pas lorsque, un matin en partant pour l'école, je vis sortir de chez toi une dame toute voilée : je n'avais alors que treize ans, et la curiosité passionnée avec laquelle je t'épiais et te guettais, ne savait pas encore, tellement j'étais enfant, que c'était déjà de l'amour.

Mais je sais aujourd'hui encore exactement, mon bien-aimé, le jour et l'heure où je m'attachai à toi entièrement et pour toujours. J'avais fait une promenade avec une camarade d'école, et nous étions en train de parler devant la porte. Une automobile arriva à toute vitesse ; elle s'arrêta et, avec ton allure impatiente et comme élastique, qui à présent encore me ravit toujours, tu sautas du marchepied et tu te dirigeas vers la porte. Je ne sais quelle puissance inconsciente me poussa à aller t'ouvrir ; je croisai tes pas ; nous nous heurtâmes presque. Tu me regardas de ce regard chaud, doux et enveloppant qui était comme une tendresse ; tu me souris d'une manière que je ne puis qualifier autrement que de tendre, et tu me dis d'une voix fine et presque familière : « Merci beaucoup, mademoiselle. »

Ce fut tout, mon bien-aimé. Mais depuis cette seconde, depuis que j'eus senti sur moi ce regard doux et tendre, je fus tout entière à toi. Je me suis rendu compte plus tard – ah ! je m'en rendis compte bientôt – que ce regard rayonnant, ce regard exerçant autour de toi comme une aimantation, ce regard qui à la fois vous enveloppe et vous déshabille, ce regard du séducteur né, tu le prodigues à toute femme qui passe près de toi, à toute employée de magasin qui te vend quelque chose, à toute femme de chambre qui t'ouvre la porte ; chez toi ce regard n'a rien de conscient, il n'y a en lui ni volonté, ni attachement ; c'est que ta tendresse pour les femmes, tout inconsciemment, donne un air doux et chaud à ton regard, lorsqu'il se tourne vers elles. Mais moi, une enfant de treize ans, je n'avais pas idée de ce trait de ton caractère : je fus comme plongée dans un fleuve de feu. Je crus que cette tendresse n'était que pour moi, pour moi seule ; cette unique seconde suffit à faire une femme de l'adolescente que j'étais, et cette femme fut à toi pour toujours.

« Qui est-ce ? » demanda mon amie. Je ne pus pas lui répondre tout de suite. Il me fut impossible de dire ton nom. Dès cette première, cette unique seconde, il m'était sacré, il était devenu mon secret. « Bah ! un monsieur qui habite ici dans la maison », balbutiai-je ensuite maladroitement. — « Pourquoi donc es-tu devenue si rouge lorsqu'il t'a regardée ? » railla mon amie, avec toute la malice d'une enfant curieuse. Et, précisément parce que je sentais que sa moquerie s'adressait à mon secret, le sang me monta aux joues avec encore plus de chaleur. La gêne où j'étais me rendit grossière : « Petite dinde ! » criai-je brutalement ; j'aurais voulu l'étrangler. Mais elle se mit à rire plus fort et d'une façon plus moqueuse ; je sentis les larmes me venir aux yeux de colère impuissante. Je la laissai là et je montai chez moi en courant.

C'est depuis cette seconde que je t'ai aimé. Je sais que les femmes t'ont souvent dit ce mot, à toi leur enfant gâté. Mais crois-moi, personne ne t'a aimé aussi fort, comme une esclave, comme un chien, avec autant de dévouement que cet être que j'étais alors et que pour toi je suis toujours restée. Rien sur la terre ne ressemble à l'amour inaperçu d'une enfant retirée dans l'ombre ; cet amour est si désintéressé, si humble, si soumis, si attentif et si passionné que jamais il ne pourra être égalé par l'amour fait de désir et malgré tout exigeant, d'une femme épanouie. Seuls les enfants solitaires peuvent garder pour eux toute leur passion : les autres dispersent leur sentiment dans des bavardages et l'émoussent dans des confidences ; ils ont beaucoup entendu parler de l'amour, ils l'ont retrouvé dans les livres, et ils savent que c'est une loi commune. Ils jouent avec lui comme avec un hochet ; ils en tirent vanité, comme un garçon de sa première cigarette. Mais moi, je n'avais personne à qui me confier, je n'avais personne pour m'instruire et m'avertir, j'étais inexpérimentée et igno-rante : je me précipitai dans mon destin comme dans un abîme. Tout ce qui montait et s'épanouissait dans mon être ne connaissait que toi, ne savait que rêver de toi et te prendre pour confident. Mon père était mort depuis longtemps ; ma mère m'était étrangère, avec son éter-nelle tristesse, son accablement et ses soucis de veuve qui n'a que sa pension pour vivre ; les jeunes filles de l'école, à demi perverties déjà, me répugnaient parce qu'elles jouaient légèrement avec ce qui était pour moi la passion suprême. Aussi tout ce qui ailleurs se par-tage et se divise ne forma en moi qu'un bloc, et tout mon être, concentré en lui-même et toujours bouillon-nant d'une ardeur inquiète, se tourna vers toi. Tu étais pour moi – comment dirai-je ? toute comparaison serait trop faible – tu étais précisément tout pour moi, toute ma vie. Rien n'existait que dans la mesure où cela se rapportait à toi ; rien dans mon existence n'avait de sens que si cela me rapprochait de toi. Tu métamorpho-sas toute ma façon de vivre. Jusqu'alors indifférente et médiocre à l'école, je devins tout d'un coup la pre-mière de la classe ; je lisais des centaines de livres et très tard dans la nuit, parce que je savais que tu aimais les livres ; je commençai brusquement, au grand éton-nement de ma mère, à m'exercer au piano avec une per-

sévérance presque inconcevable, parce que je croyais
que tu aimais la musique. Je ravaudai mes vêtements et
j'eus soin de ma parure uniquement pour avoir un air
plaisant et propre à tes yeux ; et l'idée que ma vieille
blouse de classe (c'était la transformation d'une robe
d'intérieur de ma mère) avait du côté gauche un carré
d'étoffe rapporté, cette idée m'était odieuse. Si par
hasard tu allais la remarquer, si tu me méprisais ! C'est
pourquoi je tenais toujours ma serviette serrée, quand
je montais les escaliers en courant, tremblante de peur
que tu ne l'aperçoives. Mais comme c'était insensé, car
jamais, presque jamais plus tu ne m'as regardée !

Et cependant, à vrai dire, je passais mes journées à
t'attendre et à te guetter. Il y avait à notre porte une
petite lunette de cuivre jaune par le trou rond de laquelle
on pouvait voir ce qui se passait de l'autre côté, devant
chez toi. Cette lunette – non, ne souris pas, mon bien-
aimé ; aujourd'hui encore je n'ai pas honte de ces
heures-là ! – cette lunette était pour moi l'œil avec
lequel j'explorais l'univers ; là, pendant des mois et des
années, dans le vestibule glacial, craignant la méfiance
de ma mère, j'étais assise un livre à la main, passant des
après-midi entiers à guetter, tendue comme une corde
de violon, et vibrante comme elle quand ta présence
la touchait. J'étais toujours occupée de toi, toujours en
attente et en mouvement ; mais tu pouvais aussi peu t'en
rendre compte que de la tension du ressort de la montre
que tu portes dans ta poche, et qui compte et mesure
patiemment dans l'ombre tes heures et accompagne tes
pas d'un battement de cœur imperceptible, alors que
ton hâtif regard l'effleure à peine une seule fois parmi
des millions de tic-tac toujours en éveil. Je savais tout
de toi, je connaissais chacune de tes habitudes, chacune
de tes cravates, chacun de tes costumes ; je repérai et

je distinguai bientôt chacun de tes visiteurs, et je les répartis en deux catégories : ceux qui m'étaient sympathiques et ceux qui m'étaient antipathiques ; de ma treizième à ma seizième année, il ne s'est pas écoulé une heure que je n'aie vécue pour toi. Ah ! quelles folies n'ai-je pas commises alors ! Je baisais le bouton de la porte que ta main avait touché, je dérobais furtivement le mégot de cigarette que tu avais jeté avant d'entrer, et il était sacré pour moi parce que tes lèvres l'avaient effleuré. Cent fois le soir, sous n'importe quel prétexte, je descendais dans la rue, pour voir dans laquelle de tes chambres il y avait de la lumière et ainsi sentir d'une manière plus concrète ta présence, ton invisible présence. Et, pendant les semaines où tu étais en voyage – mon cœur s'arrêtait toujours de crainte, quand je voyais le brave Johann descendre ton sac de voyage jaune – pendant ces semaines-là ma vie était morte, sans objet. J'allais et venais, de mauvaise humeur, avec ennui et méchanceté, et il fallait toujours veiller pour que ma mère ne remarquât pas mon désespoir à mes yeux rougis de larmes.

Je sais que je te raconte là de grotesques exaltations et de puériles folies. Je devrais en avoir honte, mais non, je n'en ai pas honte, car jamais mon amour pour toi ne fut plus pur et plus passionné que dans ces excès enfantins. Pendant des heures, pendant des journées entières je pourrais te raconter comment j'ai vécu alors avec toi, avec toi qui connaissais à peine mon visage car, lorsque je te rencontrais sur l'escalier et qu'il n'y avait pas moyen de t'éviter, par peur de ton regard brûlant, je passais devant toi en courant, tête baissée, comme quelqu'un qui va se jeter à l'eau pour échapper au feu. Pendant des heures, pendant des journées, je pourrais te raconter ces années depuis longtemps oubliées de toi ; je pourrais dérouler tout le calendrier de ta vie ; mais je ne veux pas t'ennuyer, je ne veux pas te tourmenter. Je veux simplement te révéler encore le plus bel événement de mon enfance, et je te prie de ne pas te moquer de son insignifiance, car pour moi qui étais une enfant, ce fut un infini. Ce devait être un dimanche ; tu étais en voyage et ton domestique traînait les lourds tapis qu'il venait de battre, à travers la porte ouverte de ton appartement. Il avait de la peine à les porter, le bon vieux et, dans un accès d'audace, j'allai à lui et lui demandai si je ne pourrais pas l'aider. Il fut surpris, mais il me laissa faire, et c'est ainsi que je vis – ah ! je voudrais te dire avec quelle respectueuse et pieuse dévotion ! – l'intérieur de ton appartement, ton univers, la table à laquelle tu t'asseyais pour écrire et sur laquelle il y avait quelques fleurs, dans un vase de cristal bleu, tes meubles, tes tableaux, tes livres. Ce ne fut qu'un fugitif et furtif regard dans ta vie, car le fidèle Johann m'aurait certainement interdit de regarder de trop près ; mais ce regard me suffit pour absorber toute l'atmosphère, et il me fournit une nourriture suffisante pour rêver infiniment à toi dans mes veilles et dans mon sommeil.

Cette rapide minute fut la plus heureuse de mon enfance. J'ai voulu te la raconter afin que toi, qui ne me connais pas, tu commences enfin à comprendre comment une vie s'est attachée à toi jusqu'à s'y anéantir. J'ai voulu te la raconter, avec cette autre encore, cette heure terrible qui malheureusement fut si voisine de la première. J'avais, comme je te l'ai déjà dit, tout oublié pour toi ; je ne m'occupais pas de ma mère et je ne me souciais de personne. Je ne remarquais pas qu'un monsieur d'un certain âge, un commerçant d'Innsbruck, qui était par alliance parent éloigné de ma mère, venait sou-

vent la voir et restait longuement; au contraire, c'était
pour moi un plaisir, car il menait souvent Maman au
théâtre, et ainsi je pouvais être seule, penser à toi et te
guetter, ce qui était ma plus haute, mon unique béati-
tude. Or un jour, ma mère m'appela dans sa chambre
avec une certaine gravité, en me disant qu'elle avait
à me parler sérieusement. Je devins pâle et mon cœur
se mit soudain à battre très fort : se douterait-elle de
quelque chose? Aurait-elle deviné? Ma première pensée fut pour toi, toi le secret par lequel j'étais reliée
à l'univers. Mais ma mère elle-même était embarras-
sée; elle m'embrassa tendrement (ce qu'elle ne faisait
jamais), une fois, deux fois; elle m'attira près d'elle
sur le canapé et commença alors à raconter, en hésitant
et d'un air timide, que son parent, qui était veuf, lui
avait adressé une demande en mariage et qu'elle était
décidée, principalement à cause de moi, à l'accepter.
Le sang me monta au cœur avec plus de violence : une
seule pensée répondit dans mon for intérieur, pensée
toute tournée vers toi. « Mais au moins, nous restons
ici? pus-je à peine balbutier encore. — Non, nous allons
à Innsbruck; Ferdinand a une belle villa là-bas. » Je
n'en entendis pas davantage; mes yeux s'obscurcirent.
Ensuite j'appris que je m'étais évanouie; j'entendis
ma mère raconter tout bas à mon beau-père qui avait
attendu derrière la porte, que j'avais reculé soudain en
étendant les mains, pour m'abattre alors comme une
masse de plomb. Ce qui se passa les jours suivants
et comment moi, une faible enfant, je me débattis
contre leur volonté prépondérante, je ne puis pas te le
raconter : rien que d'y penser, ma main tremble encore
en t'écrivant. Comme je ne pouvais pas révéler mon
véritable secret, ma résistance parut n'être que de l'entêtement, de la méchanceté et du défi. Personne ne me dit

plus rien ; tout se fit à mon insu. On utilisa les heures
où j'étais à l'école pour s'occuper du déménagement :
quand je rentrais à la maison, il y avait toujours quelque
nouvelle chose d'évacuée ou de vendue. Je vis ainsi
l'appartement s'en aller pièce par pièce, et ma vie en
même temps ; enfin, un jour que je rentrais pour déjeuner, je constatai que les déménageurs étaient venus et
qu'ils avaient tout emporté. Dans les chambres vides
se trouvaient les malles prêtes à partir, ainsi que deux
lits de camp pour ma mère et pour moi : nous devions
dormir là encore une nuit, la dernière, et le lendemain
partir pour Innsbruck.

Au cours de cette dernière journée, je sentis avec une
résolution soudaine que je ne pouvais pas vivre hors de
ton voisinage. Je ne vis d'autre salut que toi. Je ne pour-
rai jamais dire comment cette idée me vint et si vraiment
je fus capable de penser avec netteté dans ces heures
de désespoir ; mais brusquement (ma mère était sortie)
je me levai et, telle que j'étais, en costume d'écolière,
j'allai vers toi. Ou plutôt non, le mot « aller » n'est pas
exact : c'est plutôt une force magnétique qui me poussa
vers ta porte, les jambes raidies et les articulations tremblantes. Je viens de te le dire, je ne savais pas clairement ce que je voulais : me jeter à tes pieds et te prier
de me garder comme servante, comme esclave ; et je
crains bien que tu ne souries de ce fanatisme innocent
d'une jeune fille de quinze ans ; mais mon bien-aimé,
tu ne sourirais plus si tu savais dans quel état je me
trouvais alors, dehors dans le couloir glacial, roidie par
la peur et cependant poussée en avant par une force
inimaginable et comment j'arrachai, pour ainsi dire, de
mon corps mon bras tremblant, de telle sorte qu'il se
leva et (ce fut une lutte qui dura pendant l'éternité de
secondes atroces) qu'un doigt pressa le bouton de la
porte. Encore aujourd'hui j'ai dans l'oreille le bruit stri-

dent de la sonnette, puis le silence qui suivit, tandis que
mon cœur s'arrêtait et que, mon sang ne circulant plus,
je guettais seulement si tu allais venir.

Mais tu ne vins pas. Personne ne vint. Tu étais sans
doute sorti cet après-midi, et Johann était allé faire
quelque course ; et ainsi je revins en titubant (avec, dans
mes bourdonnantes oreilles, le son de la sonnette) dans
notre appartement bouleversé et évacué, et je me jetai,
épuisée, sur une couverture de voyage, aussi fatiguée de
ces quatre pas que si j'eusse marché pendant des heures
à travers une épaisse neige. Mais sous cet épuisement
brûlait encore la résolution toujours vivace de te voir et
de te parler avant qu'on m'arrachât de ces lieux. Il n'y
avait là, je te le jure, aucune pensée sensuelle ; j'étais
encore ignorante, précisément parce que je ne pensais
à rien d'autre qu'à toi : je voulais simplement te voir,
te voir encore une fois, me cramponner à toi. Toute la
nuit, toute cette longue et effroyable nuit, mon bien-
aimé, je t'ai attendu. À peine ma mère fut-elle au lit
et fut-elle endormie que je me glissai dans le vestibule
pour t'entendre rentrer. Toute la nuit j'ai attendu, et
c'était une nuit glacée de janvier. J'étais fatiguée, mes
membres me faisaient mal, il n'y avait plus de siège
pour m'asseoir : alors je m'étendis sur le parquet froid
où passait le courant d'air de la porte. Je restai ainsi
étendue, glacée et le corps meurtri, n'ayant sur moi que
mon mince vêtement, car je n'avais pas pris de couverture ; je ne voulais pas avoir trop chaud par crainte de
m'endormir et de ne pas entendre ton pas. Quelle douleur j'éprouvais ! Je pressais convulsivement mes pieds
l'un contre l'autre, mes bras tremblaient, et j'étais sans
cesse obligée de me lever, tellement il faisait froid dans
cette atroce obscurité. Mais je t'attendais, je t'attendais,
je t'attendais comme mon destin.

Enfin (il était déjà sans doute deux ou trois heures du matin), j'entendis en bas la porte de la rue s'ouvrir et puis des pas qui montaient l'escalier. Le froid m'avait brusquement quittée, une vive chaleur s'empara de moi, et j'ouvris doucement la porte pour me précipiter vers toi et pour me jeter à tes pieds... Ah! je ne sais vraiment pas ce que, folle enfant, j'aurais fait alors. Les pas se rapprochèrent, la lumière d'une bougie vacilla dans l'escalier. Je tenais en tremblant le loquet de la porte ; était-ce bien toi qui venais ainsi?

Oui, c'était toi, mon bien-aimé – mais tu n'étais pas seul. J'entendis un rire léger et joyeux, le froufrou d'une robe de soie et ta voix qui parlait bas. Tu rentrais chez toi avec une femme...

Comment j'ai pu survivre à cette nuit, je ne le sais pas. Le lendemain matin, à huit heures, on m'emmena à Innsbruck ; je n'avais plus de force pour résister.

Mon enfant est mort la nuit dernière – désormais je serai seule de nouveau, si vraiment je dois vivre encore. Demain viendront des hommes inconnus, grossiers, habillés de noir, et ils apporteront un cercueil, et ils y mettront mon pauvre, mon unique enfant. Peut-être viendra-t-il aussi des amis qui apporteront des couronnes, mais que font des fleurs sur un cercueil? Ils me consoleront, ils me diront des paroles, des paroles, mais à quoi cela me servira-t-il? Je le sais, me voilà de nouveau redevenue seule. Et il n'y a rien de plus épouvantable que d'être seule parmi les hommes. Je m'en suis rendu compte alors, durant ces deux années interminables que j'ai passées à Innsbruck, ce temps compris entre ma seizième et ma dix-huitième année, où j'ai vécu comme une captive, une réprouvée au sein de ma famille. Mon beau-père, homme très calme et parlant peu, était bon pour moi ; comme pour réparer une injustice involontaire, ma mère se montrait docile à tous mes désirs ; des jeunes gens s'empressaient autour de moi, mais je les repoussais tous avec une obstination passionnée. Je ne voulais pas vivre heureuse et contente loin de toi, et je me plongeais dans un sombre univers fait de solitude et de tourments que je m'imposais moi-même. Les jolies robes neuves qu'on m'achetait, je ne les portais pas ; je me refusais à aller au concert et au théâtre, ou à prendre part à des excursions en joyeuse société. À peine si je sortais de la maison : croirais-tu, mon bien-aimé, que dans cette petite ville où j'ai vécu deux années, je ne connais pas dix rues ? J'étais en deuil et je voulais être en deuil ; je m'enivrais de chaque privation que j'ajoutais encore à la privation de ta vue. Bref, je ne voulais pas me laisser distraire de ma passion : vivre pour toi. Je restais assise chez moi ; pendant des heures, pendant des journées je ne faisais rien que penser à toi, y penser sans cesse, me remémorant toujours de nouveau les cent petits souvenirs que j'avais de toi, chaque rencontre et chaque attente, et toujours me représentant ces petits épisodes, comme au théâtre. Et c'est parce que j'ai évoqué ainsi d'innombrables fois chacune des secondes de mon passé que toute mon enfance est restée si brûlante dans ma mémoire, qu'aujourd'hui encore chaque minute de ces années-là revit en moi avec autant de chaleur et d'émotion que si c'était hier qu'elle eût fait tressaillir mon sang.

C'est pour toi seul que j'ai vécu alors. J'achetais tous tes livres ; quand ton nom était dans le journal, c'était pour moi un jour de fête. Croiras-tu que je sais par cœur chaque ligne de tes livres, tant je les ai lus et relus ? Si pendant la nuit on m'éveillait dans mon sommeil, si l'on prononçait devant moi une ligne détachée de tes livres, je pourrais aujourd'hui encore, aujourd'hui encore au bout de treize ans, la continuer, comme en un rêve ; car chaque mot de toi était pour moi un évangile et une prière. Le monde entier n'existait pour moi que par rapport à toi : je ne suivais dans les journaux de Vienne les concerts et les premières que dans la pensée de savoir lesquels d'entre eux pourraient t'intéresser, et quand le soir arrivait, je t'accompagnais de loin : maintenant il entre dans la salle, maintenant il s'assied. Mille fois j'ai rêvé cela, parce qu'une fois, une seule, je t'avais vu dans un concert.

Mais pourquoi te raconter tout cela, ce fanatisme furieux se déchaînant contre moi-même, ce fanatisme si tragiquement désespéré d'une enfant abandonnée ? Pourquoi le raconter à quelqu'un qui ne s'en est jamais douté, qui ne l'a jamais su ? Alors, pourtant, étais-je encore une enfant ? J'atteignis dix-sept ans, dix-huit ans ; les jeunes gens commencèrent à se retourner sur moi dans la rue ; mais ils ne faisaient que m'irriter. Car l'amour ou même seulement l'idée, par jeu, d'aimer quelqu'un d'autre que toi m'était inconcevable et complètement étrangère ; la tentation à elle seule m'aurait paru un crime. Ma passion pour toi resta la même ; seulement, elle se transformait avec mon corps ; à mesure que mes sens s'éveillaient, elle devenait plus ardente, plus physique, plus féminine. Et ce que l'enfant, dans sa volonté ignorante et confuse, l'enfant qui tira jadis la sonnette de ta porte, ne pouvait pas pressentir était maintenant mon unique pensée : me donner à toi, m'abandonner à toi.

Les gens qui étaient autour de moi pensaient que j'étais craintive et m'appelaient timide (je n'avais pas desserré les dents sur mon secret). Mais en moi se formait une volonté de fer. Toute ma pensée et tous

mes efforts étaient tendus vers un seul but : revenir à
Vienne, revenir près de toi. Et je réussis à imposer ma
volonté, si insensée, si incompréhensible qu'elle pût
paraître aux autres. Mon beau-père était riche, il me
considérait comme son propre enfant. Mais avec un
farouche entêtement, je persistai à vouloir gagner ma
vie moi-même ; et je parvins enfin à revenir à Vienne,
chez un parent, comme employée d'une grande maison
de confections.

Est-il besoin de te dire où je me rendis d'abord,
lorsque par un soir brumeux d'automne – enfin !
enfin ! – j'arrivai à Vienne ? Je laissai ma malle à la
gare, je me précipitai dans un tramway – avec quelle
lenteur il me semblait marcher ! Chaque arrêt m'exas-
pérait, – et je courus devant la maison. Tes fenêtres
étaient éclairées, tout mon cœur battait violemment.
C'est alors seulement que je retrouvai de la vie dans
cette ville, dont jusqu'à ce moment tout le vacarme
avait été pour moi si étranger, si vide de sens ; c'est
alors seulement que je me repris à vivre, en me sentant
près de toi, mon rêve de toujours. Je ne me doutais pas
que je n'étais pas plus loin de ta pensée quand il y avait
entre nous vallées, montagnes et rivières, qu'à cette
heure où il n'y avait entre toi et mon regard brillant que
la mince vitre éclairée de ta fenêtre. Je regardais là-
haut, toujours là-haut : là il y avait de la lumière, là était
la maison, là tu étais, toi mon univers. Pendant deux ans
j'avais rêvé à cette heure ; maintenant il m'était donné
de la vivre. Et toute la soirée, cette soirée d'automne
nuageuse et douce, je restai devant tes fenêtres jusqu'à
ce que la lumière s'éteignît. Ce n'est qu'ensuite que
j'allai à la recherche de ma demeure.

Chaque soir, je revins devant ta maison. Jusqu'à
six heures, je travaillais au magasin ; c'était un travail
dur et éprouvant, mais je l'aimais, car cette agitation

m'empêchait de ressentir la mienne avec autant de douleur. Et dès que le rideau de fer était baissé derrière moi, je courais tout droit à mon poste chéri. Te voir une seule fois, te rencontrer une seule fois, c'était mon unique désir ; pouvoir de nouveau embrasser de loin ton visage avec mon regard. Au bout d'une semaine cela se produisit, au moment où je m'y attendais le moins : pendant que j'observais tes fenêtres là-haut, tu vins à moi en traversant la rue. Et soudain je redevins l'enfant de treize ans que j'avais été ; je sentis le sang affluer à mes joues ; involontairement, malgré mon plus intime désir de voir tes yeux, je baissai la tête et je passai devant toi en courant, comme une bête traquée. Ensuite j'eus honte de cette fuite effarouchée de petite écolière, car maintenant ma volonté était bien claire : je voulais te rencontrer, je te cherchais, je voulais être connue de toi après tant d'années où mon attente était restée plongée dans l'ombre ; je voulais être appréciée de toi, je voulais être aimée de toi.

Mais pendant longtemps tu ne me remarquas pas, bien que chaque soir, même par la neige tourbillonnante et sous le vent brutal et incisif de Vienne, je fisse le guet dans la rue. Souvent j'attendis en vain pendant des heures ; souvent tu sortais enfin de chez toi accompagné par des visiteurs ; deux fois, je te vis aussi avec des femmes et, dès lors, je compris que j'avais grandi ; je sentis le caractère nouveau et différent de mon sentiment pour toi au brusque tressaillement de mon cœur, qui me déchira l'âme, lorsque je vis une femme étrangère marcher d'un pas si assuré à ton côté en te donnant le bras. Je n'étais pas surprise puisque je connaissais déjà, depuis mes jours d'enfance, tes éternelles visiteuses ; mais maintenant il se produisait en moi, tout à coup, comme une douleur physique, et quelque chose se tendait en moi, fait à la fois d'hostilité et d'envie, en présence de cette évidente familiarité physique avec une autre. Puérilement fière comme j'étais, et comme peut-être je suis restée maintenant encore, pendant une journée je me tins à l'écart ; mais qu'elle fut atroce pour moi cette soirée vide, dans l'orgueil et la révolte, passée sans voir ta maison ! Le lendemain soir, j'étais déjà revenue humblement à mon poste ; je t'attendais, je t'attendais toujours, comme pendant toute ma destinée j'ai attendu devant ta vie qui m'était fermée.

Et enfin, un soir, tu me remarquas. Je t'avais vu venir de loin, et je concentrai toute ma volonté pour ne pas m'écarter de ton chemin. Le hasard voulut qu'une voiture qu'on déchargeait obstruât la rue et tu fus obligé de passer tout près de moi. Involontairement ton regard distrait se posa sur moi, pour, aussitôt rencontrant l'attention du mien – ah ! comme le souvenir me fit alors tressaillir ! – devenir ce regard que tu as pour les femmes, ce regard tendre, caressant et en même temps pénétrant jusqu'à la chair, ce regard large et déjà conquérant qui, pour la première fois, fit de l'enfant que j'étais une femme et une amoureuse. Pendant une ou deux secondes, ce regard fascina ainsi le mien qui ne pouvait ni ne voulait s'affranchir de son étreinte, – puis tu passas. Mon cœur battait : malgré moi, je fus obligée de ralentir mes pas et, comme je me retournais avec une invincible curiosité, je vis que tu t'étais arrêté et que tu me suivais des yeux. Et à la manière dont tu m'observais, avec une curiosité intéressée, je compris aussitôt que tu ne m'avais pas reconnue.

Tu ne me reconnus pas, ni alors, ni jamais : jamais tu ne m'as reconnue. Comment pourrais-je, ô mon bien-aimé, te décrire la désillusion de cette seconde ? Ce fut alors la première fois que je subis cette fatalité de ne pas être reconnue par toi, cette fatalité qui m'a suivie pendant toute ma vie et avec laquelle je meurs : rester inconnue, rester encore toujours inconnue de toi. Comment pourrais-je te la décrire, cette désillusion? Car vois-tu, pendant ces deux années d'Innsbruck, où je pensais constamment à toi et où je ne faisais que songer à ce que serait notre première rencontre lorsque je serais retournée à Vienne, j'avais envisagé, suivant l'état de mon humeur, les perspectives les plus désolantes à côté des plus réjouissantes. J'avais, si je puis parler ainsi, tout parcouru en rêve ; je m'étais imaginé dans des moments de pessimisme, que tu me repousserais, que tu me dédaignerais parce que j'étais trop insignifiante, trop laide, trop importune. Toutes les formes possibles de ta défaveur, de ta froideur, de ton indifférence, je les avais toutes arpentées, dans des visions passionnées ; mais dans mes heures les plus noires, dans la conscience la plus profonde de ma nullité, je n'avais pas envisagé celle-ci, la plus épouvantable de toutes : que tu n'avais même pas fait la moindre attention à mon existence. Aujourd'hui, je le comprends bien – ah ! c'est toi qui m'as appris à le comprendre ! – le visage d'une jeune fille, d'une femme, est forcément pour un homme un objet extrêmement variable ; le plus souvent, il n'est qu'un miroir où se reflète tantôt une passion, tantôt un enfantillage, tantôt une lassitude, et qu'il s'évanouit aussi facilement qu'une image dans une glace, que donc un homme peut perdre plus facilement le visage d'une femme parce que l'âge y modifie les ombres et la lumière, et que des modes nouvelles l'encadrent différemment. Les résignées, voilà celles qui ont la véritable science de la vie. Mais moi, la jeune fille que j'étais alors, je ne pouvais pas comprendre encore que tu m'eusses oubliée ; car je ne sais comment, à force de m'occuper de toi, incessamment et sans aucune mesure, une idée chimérique s'était formée en moi : que toi aussi, tu devais souvent te souvenir de moi et que tu m'attendais ; comment aurais-je pu respirer encore si j'avais eu la certitude que je n'étais rien pour toi, que jamais aucun souvenir de moi ne venait t'effleurer doucement ? Ce douloureux réveil devant ton regard qui me montrait que rien en toi ne me connaissait plus, que le fil d'aucun souvenir ne joignait ta vie à la mienne, ce fut pour moi une première chute dans la réalité, un premier pressentiment de mon destin.

Cette fois-là, tu ne me reconnus pas, et lorsque deux jours plus tard, dans une nouvelle rencontre, ton regard m'enveloppa avec une certaine familiarité, tu ne me reconnus pas encore comme celle qui t'avait aimé et que tu avais d'une certaine manière formée, mais simplement comme la jolie jeune fille de dix-huit ans qui, deux jours auparavant, au même endroit, avait croisé ton chemin. Tu me regardas avec une aimable surprise ; un léger sourire se joua autour de ta bouche. De nouveau, tu passas près de moi et tu ralentis aussitôt ta marche. Je me mis à trembler, je frémissais d'une joie muette. Si seulement tu m'adressais la parole ! Je sentis que pour la première fois j'existais pour toi ; moi aussi je ralentis le pas et je t'attendis. Et soudain, sans me retourner, je sentis que tu étais derrière moi ; je savais que maintenant, pour la première fois, j'allais entendre ta chère voix me parler. L'attente était en moi comme une paralysie, et je craignais d'être obligée de m'arrêter, tellement mon cœur battait fort. Tu étais parvenu à mon côté. Tu me parlas avec ta manière doucement enjouée, comme si nous étions depuis longtemps amis. Ah ! tu n'avais pas la moindre idée de moi ! Jamais tu n'as eu la moindre idée de ma vie ! Tu me parlas avec une aisance si merveilleuse que je pus même te répondre. Nous marchâmes ensemble tout le long de la rue. Puis tu me demandas si je ne voulais pas dîner avec toi ; j'acceptai. Qu'aurais-je osé te refuser ?

Nous dînâmes ensemble dans un petit restaurant. Sais-tu encore où c'était ? Mais non, car tu ne distingues certainement pas cette soirée de tant d'autres aventures semblables... en effet, qu'étais-je pour toi ? Une femme entre cent, une aventure dans une chaîne d'aventures aux maillons innombrables. Et puis quel souvenir aurais-tu pu garder de moi ? Je parlais très peu, parce que c'était pour moi un infini bonheur de t'avoir près de moi et de t'entendre me parler. Je ne voulais pas gaspiller un seul instant de ta conversation par une question ou par une sotte parole. Jamais ma gratitude n'oubliera cette heure. Tu répondis si bien à ce qu'attendait de toi ma vénération passionnée ! Tu fus tendre, doux et plein de tact, sans aucune indiscrétion, sans précipiter les caressantes tendresses ; dès les premiers moments, tu me montras tant de tranquille et d'amicale confiance que tu m'aurais conquise tout entière, même si je n'eusse pas déjà été à toi avec toute ma volonté et avec tout mon être. Ah ! tu ne sais pas quel acte admirable tu accomplis, ce soir-là, en ne décevant pas les cinq années d'attente de mon adolescence !

Il était tard, nous partîmes. À la porte du restaurant tu voulus savoir si j'étais pressée ou si j'avais le temps. Comment aurais-je pu te cacher que j'étais à ta disposition ? Je te répondis que j'avais le temps. Puis tu me demandas, en surmontant vivement une légère hésitation, si je ne voulais pas venir un moment chez toi pour bavarder. « Avec plaisir », fis-je sans m'interroger une seconde, trouvant cela tout naturel. Et je vis aussitôt que la rapidité de mon acceptation t'avait saisi, d'une façon désagréable ou peut-être plaisante, – mais qu'en tout cas, tu étais visiblement sur-

pris. Aujourd'hui, je comprends ton étonnement; je
sais qu'il est d'usage chez les femmes, même quand
elles éprouvent le brûlant désir de s'abandonner, de
désavouer leur inclination, de simuler un effroi, une
indignation, qui demandent tout d'abord à être apai-
sés par de pressantes prières, des mensonges, des promesses, des serments. Je sais que seules peut-être les
professionnelles de l'amour, les prostituées, répondent
à de telles invitations par un consentement aussi joyeux
et aussi complet – ou encore de toutes jeunes, de toutes
naïves adolescentes. Mais en moi (comment pouvais-tu
t'en douter?), ce n'était que la volonté s'avouant à elle-
même, le désir ardent et contenu pendant des milliers
de jours qui, brusquement, se manifestait. Mais en tout
cas, tu étais frappé, je commençais à t'intéresser. Je
sentais qu'en marchant, pendant notre conversation,
tu m'examinais de côté, avec une sorte d'étonnement.
Ton sentiment, ce sentiment si magiquement sûr en fait
de psychologie humaine, flairait une chose extraordi-
naire, devinait un mystère en cette gentille et complai-
sante jeune fille. Le désir de savoir était éveillé en toi,
et je remarquai, par la forme enveloppante et subtile de
tes questions, que tu voulais cerner ce mystère. Mais
je les éludais. J'aimais mieux passer pour folle que te
dévoiler mon secret.

Nous montâmes chez toi. Excuse-moi, mon bien-
aimé, si je te dis que tu ne peux pas comprendre ce
qu'était pour moi cette montée, cet escalier, quel eni-
vrement, quel trouble j'éprouvais, quel bonheur fou,
torturant, mortel presque. Maintenant encore à peine
puis-je y penser sans larmes, et pourtant je n'en ai plus.
Mais imagine-toi seulement que là, chaque objet était
pour ainsi dire imprégné de ma passion, représentait
un symbole de mon enfance, de mon attente : la porte
devant laquelle je t'ai attendu mille fois, l'escalier où

j'ai toujours épié et deviné ton pas et où je t'ai vu pour
la première fois, la petite lunette où j'ai appris à sonder
toute mon âme, le tapis devant la porte, sur lequel un
jour je me suis agenouillée, le grincement de la clé qui
toujours m'a fait quitter en sursaut mon poste d'écoute.
Toute mon enfance, toute ma passion avaient ici leur
nid, dans cet espace réduit ; là se trouvait toute ma vie.
Et voici qu'une sorte de tempête s'abattait sur moi,
maintenant que tout, tout s'accomplissait et qu'avec
toi, moi avec toi ! j'entrais dans ta maison, dans notre
maison. Pense que jusqu'à ta porte, – mes mots certes
ont un air banal, mais je ne sais pas le dire autrement, –
tout, durant mon existence, n'avait encore été que triste
réalité ; je n'avais vu devant moi qu'un monde terne et
quotidien, et voilà que s'ouvrait le pays enchanté dont
rêve l'enfant, le royaume d'Aladin. Pense que, mille
fois, mes yeux avaient fixé ardemment cette porte que
je franchissais maintenant d'un pas chancelant, et tu
sentiras – tu sentiras seulement, car jamais, mon bien-
aimé, tu ne le sauras tout à fait ! – combien d'heures de
ma vie se concentraient en cette vertigineuse minute.

Je restai chez toi toute la nuit. Tu ne t'es pas douté
qu'avant toi jamais encore un homme ne m'avait touchée, ni même que personne n'avait effleuré ou vu mon
corps. Comment aurais-tu pu le supposer, mon bien-
aimé, puisque je ne t'offrais aucune résistance, que je
réprimais toute hésitation de pudeur, uniquement pour
que tu ne pusses pas deviner le secret de mon amour
pour toi, qui t'aurait certainement effrayé, – car tu
n'aimes que la légèreté, le jeu, le badinage ; tu redoutes
de t'immiscer dans une destinée. Tu veux goûter sans
mesure à toutes les joies du monde, mais tu ne veux
pas de sacrifice. Mon bien-aimé, si je te dis maintenant
que j'étais vierge quand je me suis donnée à toi, je t'en
supplie, comprends-moi bien ! Je ne t'accuse pas : tu ne

m'as pas attirée, ni trompée, ni séduite ; c'est moi, moi-
même, qui suis allée vers toi, poussée par mon propre
désir, qui me suis jetée à ton cou, qui me suis précipitée dans ma destinée. Jamais, jamais je ne t'accuse-
rai, non ; mais au contraire, toujours je te remercierai,
car elle a été pour moi bien riche et bien éclatante de
volupté, cette nuit, bien débordante de bonheur. Quand
j'ouvrais les yeux dans l'obscurité et que je te sentais
à mon côté, je m'étonnais que les étoiles ne fussent
pas au-dessus de ma tête, tellement le ciel me semblait proche. Non, mon bien-aimé, je n'ai jamais rien
regretté, jamais, à cause de cette heure-là. Je me le rappelle encore, lorsque tu dormais, que j'entendais ta respiration, que je touchais ton corps et que je me sentais
si près de toi : dans l'ombre, j'ai pleuré de bonheur.

Le matin, je partis en hâte, de très bonne heure. Je
devais me rendre au magasin, et je voulais aussi m'en
aller avant qu'arrivât le domestique : il ne fallait pas
qu'il me vît. Lorsque je fus vêtue, que je fus là, debout
devant toi, tu me pris dans tes bras et tu me regardas
longuement. Était-ce un souvenir lointain et obscur qui
s'agitait en toi, ou bien seulement te semblais-je jolie et
heureuse, comme je l'étais effectivement ? Tu me donnas un baiser sur la bouche. Je me dégageai doucement
pour m'en aller. Alors tu me demandas : « Ne veux-
tu pas emporter quelques fleurs ? » Je répondis que si.
Tu pris quatre roses blanches dans le vase de cristal
bleu, sur le bureau (ah ! ce vase, je le connaissais bien,
depuis mon unique et furtif regard de jadis) et tu me les
donnas. Pendant des journées, je les ai portées à mes
lèvres.

Avant de nous quitter, nous étions déjà convenus
d'un autre rendez-vous. J'y vins, et de nouveau ce fut
merveilleux. Tu me donnas encore une troisième nuit.
Puis tu me dis que tu étais obligé de partir en voyage

– oh ! ces voyages, comme je les détestais depuis mon enfance ! – et tu me promis, aussitôt que tu serais revenu, de m'en aviser. Je te donnai mon adresse, poste restante, car je ne voulais pas te dire mon nom. Je gardais mon secret. De nouveau, tu me donnas quelques roses au moment de l'adieu – les roses de l'adieu !

Chaque jour, pendant deux mois, j'allai voir… mais non, pourquoi te décrire ces tourments infernaux de l'attente, du désespoir ? Je ne t'accuse pas ; je t'aime comme tu es : ardent et oublieux, généreux et infidèle ; je t'aime ainsi, rien qu'ainsi, comme tu as toujours été et comme tu es encore maintenant. Tu étais revenu depuis longtemps ; tes fenêtres éclairées me l'apprirent, et tu ne m'as pas écrit. Je n'ai pas une ligne de toi, maintenant, à ma dernière heure, pas une ligne de toi, toi à qui j'ai donné ma vie. J'ai attendu, attendu comme une désespérée. Mais tu ne m'as pas fait signe, tu ne m'as pas écrit une ligne… pas une ligne…

Mon enfant est mort hier, – c'était aussi ton enfant. C'était aussi ton enfant, ô mon bien-aimé, l'enfant d'une de ces trois nuits, je te le jure, et l'on ne ment pas dans l'ombre de la mort. C'était notre enfant, je te le jure, car aucun homme ne m'a touchée depuis ces heures où je me suis donnée à toi jusqu'à celles du travail de l'enfantement. Ton contact avait rendu mon corps sacré, à mes yeux : comment aurais-je pu me partager entre toi qui avais été tout pour moi, et d'autres qui pouvaient à peine frôler ma vie ? C'était notre enfant, mon bien-aimé, l'enfant de mon amour lucide et de ta tendresse insouciante, prodigue, presque inconsciente, notre enfant, notre fils, notre enfant unique. Mais tu veux savoir maintenant – peut-être effrayé, peut-être juste étonné – maintenant tu veux savoir, ô mon bien-aimé, pourquoi pendant toutes ces longues années je t'ai caché l'existence de cet enfant et pourquoi je te parle de lui aujourd'hui seulement qu'il est là, étendu, dormant dans les ténèbres, dormant à jamais, déjà prêt à partir et à ne revenir plus jamais, plus jamais ! Pourtant, comment aurais-je pu te le dire ? Jamais tu ne m'aurais crue, moi l'étrangère, trop facilement disposée à t'accorder ces trois nuits, moi qui m'étais donnée sans hésitation, avec ardeur même ; jamais tu n'aurais cru que cette femme anonyme rencontrée fugitivement te garderait sa fidélité, à toi l'infidèle, – jamais tu n'aurais reconnu sans méfiance cet enfant comme étant le tien ! Jamais tu n'aurais pu, même si mes dires t'avaient paru vraisemblables, écarter intérieurement le soupçon que j'essayais de t'attribuer, à toi qui étais riche, la paternité d'un enfant qui t'était étranger. Tu m'aurais suspectée, il en serait resté une ombre entre toi et moi, une ombre confuse et flottante de méfiance. Je ne le voulais pas. Et puis, je te connais ; je te connais si bien qu'à peine te connais-tu toi-même pareillement : je sais qu'il t'eût été pénible, toi qui en amour aimes l'insouciance, la légèreté, le jeu, d'être soudain père, d'avoir soudain la responsabilité d'une destinée. Toi qui ne peux respirer qu'en liberté, tu te serais senti lié à moi d'une certaine façon. Tu m'aurais... oui, je le sais, tu l'eusses fait contre ta propre volonté consciente... tu m'aurais haïe à cause de cet assujettissement. Je t'aurais été odieuse, tu m'aurais détestée, peut-être seulement quelques heures, peut-être seulement le bref intervalle de quelques minutes, – mais dans mon orgueil, je voulais que tu pensasses à moi toute ta vie sans le moindre nuage. J'aimais mieux prendre tout sur moi que de devenir une charge pour toi, être la seule, parmi toutes tes femmes, à qui tu penserais toujours avec amour, avec gratitude. Mais à la vérité, tu n'as jamais pensé à moi, tu m'as oubliée !

Je ne t'accuse pas, mon bien-aimé, non, je ne t'accuse pas. Pardonne-moi si parfois une goutte d'amertume coule de ma plume, pardonne-moi – mais mon enfant, notre enfant, n'est-il pas là, couché sous la flamme vacillante des cierges ? J'ai tendu mon poing serré vers Dieu et je l'ai appelé criminel ; la confusion et le trouble règnent dans mes sens. Pardonne-moi cette plainte, pardonne-la-moi. Je sais bien qu'au plus profond de ton cœur tu es bon et secourable, que tu accordes ton assistance à qui la sollicite, que tu l'accordes même à celui qui t'est le plus étranger, s'il te la demande. Mais ta bonté est si bizarre ! C'est une bonté ouverte à chacun, chacun peut y puiser et y remplir ses mains ; elle est grande, infiniment grande, ta bonté, mais excuse-moi, elle est indolente. Elle veut qu'on l'assiège, qu'on lui fasse violence. Ton aide, tu la donnes quand on te fait appel, quand on t'adresse une prière ; ton appui, tu l'accordes par pudeur, par faiblesse et non par plaisir. Permets que je te dise franchement : ton amour ne va pas à l'homme qui est dans le besoin et la peine, de préférence à ton frère qui est dans le bonheur. Et les hommes comme toi, même les meilleurs d'entre eux, on a du mal à leur adresser une prière. Un jour, j'étais encore enfant, je vis par la lunette de la porte comment tu t'y pris pour faire l'aumône à un mendiant qui avait sonné chez toi. Tu lui donnas immédiatement, et beaucoup même, avant qu'il t'eût imploré, mais tu le fis avec une certaine inquiétude, avec une certaine hâte qui disait ton désir de le voir s'en aller bien vite. On eût dit que tu avais peur de le regarder dans les yeux. Cette façon fuyante de donner, cette appréhension, cette crainte d'être remercié, je ne l'ai jamais oubliée. Et c'est pourquoi je ne me suis jamais adressée à toi. Sans doute, je

le sais, tu m'aurais alors secourue, sans même avoir la
certitude que c'était bien ton enfant; tu m'aurais conso-
lée, donné de l'argent, de l'argent en abondance, mais
toujours avec le désir impatient et secret d'écarter de
toi les choses désagréables. Oui, je crois même que tu
m'aurais engagée à supprimer l'enfant avant terme. Et
cela, je le redoutais par-dessus tout, car que n'aurais-je
pas fait, du moment que tu me le demandais, comment
m'eût-il été possible de te refuser quelque chose! Mais
cet enfant était tout pour moi puisqu'il venait de toi;
c'était encore toi, non plus l'être heureux et insou-
ciant que tu étais et que je ne pouvais retenir, mais toi,
pensais-je, devant m'appartenir pour toujours, emprisonné dans mon corps, lié à ma vie. Je te tenais enfin,
à présent; je pouvais en mes veines te sentir vivre et
grandir; il m'était donné de te nourrir, de t'allaiter, de
te couvrir de caresses et de baisers, quand mon âme en
brûlait de désir. Vois-tu, mon bien-aimé, c'est pourquoi
j'ai été heureuse quand j'ai su que je portais un enfant
de toi; et c'est pourquoi je me gardai de te le dire, car
maintenant, tu ne pouvais plus m'échapper.

Il est vrai, mon bien-aimé, qu'il n'y eut pas que des
mois de bonheur, comme ma pensée s'en était réjouie
d'avance. Il y eut aussi des mois pleins d'horreur et de
tourments, pleins de dégoût devant la bassesse
des hommes. Ma situation n'était pas facile. Pendant
les derniers mois je ne pouvais plus aller au magasin
de peur d'éveiller l'attention de la famille et de les
voir avertir mes parents. Je ne voulais pas demander
d'argent à ma mère; je vécus donc, pendant le temps
qui s'écoula jusqu'à mon accouchement, de la vente de
quelques bijoux que je possédais. Une semaine avant
la délivrance, une blanchisseuse me vola dans une
armoire les quelques couronnes qui me restaient; de
sorte que je dus aller à l'hôpital. C'est là, en ce lieu où

seules se réfugient en leur détresse les femmes les plus pauvres, les réprouvées, les oubliées, là au milieu de la plus rebutante misère, c'est là que l'enfant, ton enfant, est venu au monde. C'est à mourir, cet hôpital; tout vous y est étranger, étranger, étranger; et nous nous regardions comme des étrangères, nous qui gisions là, solitaires, et mutuellement pleines de haine, nous que seuls la misère et les mêmes tourments avaient contraintes à prendre place dans cette salle, à l'atmosphère viciée, emplie de chloroforme et de sang, de cris et de gémissements. Tout ce que la pauvreté doit subir d'humiliations, d'outrages moraux et physiques, je l'ai souffert, dans cette promiscuité avec des prostituées et des malades qui faisaient de la communauté de notre sort une commune infamie... Sous le cynisme de ces jeunes médecins qui, avec un sourire d'ironie, relevaient le drap de lit et palpaient le corps de la femme sans défense, sous un faux prétexte de souci scientifique... En présence de la cupidité des infirmières. Oh! Là-bas, la pudeur humaine ne rencontre que des regards qui la crucifient et des paroles qui la flagellent. Votre nom sur une pancarte, c'est tout ce qui reste de vous, car ce qui gît dans le lit n'est qu'un paquet de chair pantelante, que tâtent les curieux et qui n'est plus qu'un objet d'exhibition et d'étude. Oh! elles ne savent pas, les femmes qui donnent des enfants à leur mari aux petits soins, dans leur propre maison, ce que c'est que de mettre au monde un enfant lorsqu'on se trouve seule, sans protection et comme sur une table d'expérimentation médicale. Aujourd'hui encore, quand je rencontre dans un livre le mot « enfer », je pense immédiatement, malgré moi, à cette salle bondée dans laquelle, parmi les mauvaises odeurs, les gémissements, les rires et les cris sanglants de femmes entassées, j'ai tant souffert, – à cet abattoir de la pudeur.

Pardonne-moi, pardonne-moi de te parler de cela ! Mais c'est la seule fois que je le fais, je ne t'en parlerai jamais plus, jamais plus. Pendant onze ans je n'en ai dit mot et bientôt je serai muette pour l'éternité. Je devais le crier une fois, ce que m'avait coûté cet enfant qui était ma félicité et qui à présent est là, inanimé. Je les avais déjà oubliées, ces heures-là, depuis longtemps oubliées, dans le sourire, dans la voix de l'enfant, dans mon bonheur ; mais maintenant qu'il est mort, mon supplice, lui, est devenu vivant, et j'avais besoin de soulager mon âme en le criant une fois, cette seule fois.

Mais ce n'est pas toi que j'accuse ; je n'accuse que Dieu, rien que Dieu qui a voulu ce supplice absurde. Je ne t'accuse pas, je le jure, et jamais dans ma colère je ne me suis dressée contre toi. Même à l'heure où mon corps se tordait dans les douleurs, même lorsque devant les jeunes externes, il brûlait de honte en subissant les attouchements de leurs regards, même à la seconde où la douleur me déchira l'âme, jamais je ne t'ai accusé devant Dieu, jamais je n'ai regretté nos nuits ; jamais mon amour pour toi n'a subi l'atteinte d'un reproche de ma part ; toujours je t'ai aimé, toujours j'ai béni l'heure où je t'ai rencontré. Et dussé-je de nouveau traverser l'enfer de ces heures-là, quand bien même je saurais d'avance ce qui m'attend, ô mon bien-aimé, je referais encore une fois ce que j'ai fait, encore une fois, encore mille fois !

Notre enfant est mort hier. Tu ne l'as jamais connu. Jamais, même dans une fugitive rencontre, due au hasard, ce petit être en fleur, né de ton être, n'a frôlé en passant ton regard. Dès que j'eus cet enfant, je me tins cachée à tes yeux pendant longtemps. Mon ardent

amour pour toi était devenu moins douloureux ; je crois
même que je ne t'aimais plus aussi passionnément ;
tout au moins, mon amour ne me faisait plus autant
souffrir. Je ne voulais pas me partager entre toi et lui ;
aussi je me consacrai non pas à toi, qui étais heureux
et vivais en dehors de moi, mais à cet enfant qui avait
besoin de moi, que je devais nourrir, que je pouvais
prendre dans mes bras et couvrir de baisers. Je semblais
délivrée du trouble que tu avais jeté dans mon âme, arrachée à mon mauvais destin, sauvée enfin par cet autre
toi-même, mais qui était vraiment à moi ; et ce n'était
plus que rarement, tout à fait rarement, que ma passion
se portait humblement au-devant de ta maison. Je ne
faisais qu'une chose : à ton anniversaire, je t'envoyais
régulièrement un bouquet de roses blanches, exactement pareilles à celles que tu m'avais offertes après
notre première nuit d'amour. T'es-tu jamais demandé
en ces dix, en ces onze années, qui te les envoyait ?
T'es-tu souvenu, peut-être, de celle à qui tu as donné,
un jour, des roses pareilles ? Je l'ignore et je ne connaî-
trai jamais ta réponse. Il me suffisait, quant à moi, de te
les offrir secrètement et de faire éclore, une fois chaque
année, le souvenir de cet instant.

Tu ne l'as jamais connu, notre pauvre petit.
Aujourd'hui, je m'en veux de l'avoir dérobé à tes
yeux, car tu l'aurais aimé. Jamais tu ne l'as connu,
le pauvre enfant, jamais tu ne l'as vu sourire, quand
il soulevait légèrement ses paupières et que ses yeux
noirs et intelligents – tes yeux ! – jetaient sur moi, sur
le monde entier, leur lumière claire et joyeuse. Ah ! il
était si gai, si charmant : toute la légèreté de ton être
se retrouvait dans cet enfant ; ton imagination vive et
remuante se renouvelait en lui ; pendant des heures
entières, il pouvait s'amuser follement avec un objet,
comme toi tu prends plaisir à jouer avec la vie ; puis on

le voyait redevenir sérieux et se tenir assis devant ses
livres, les sourcils froncés. Sa ressemblance avec toi
grandissait chaque jour. Déjà même commençait à se
développer en lui, visiblement, cette dualité de sérieux
et d'enjouement qui t'est propre ; et plus il te ressem-
blait, plus je l'aimais. Il apprenait bien, et bavardait
en français comme une petite pie ; ses cahiers étaient
les plus propres de la classe ; avec cela, comme il était
gentil, élégant, dans son costume de velours noir ou
dans sa petite marinière blanche ! Partout où il allait, il
était toujours le plus distingué ; quand je passais avec
lui sur la plage de Grado[1], les femmes s'arrêtaient et
caressaient sa longue chevelure blonde ; quand il faisait
du traîneau sur le Semmering, les gens se retournaient
vers lui avec admiration ! Il était si joli, si délicat, si
complaisant ! Lorsque, l'année dernière, il devint
interne au Theresianum, on eût dit un petit page du
dix-huitième siècle à la façon dont il portait son uni-
forme et sa petite épée. À présent, il n'a plus rien que
sa chemisette, le pauvre enfant, couché là, les lèvres
décolorées et les mains jointes.

Mais peut-être veux-tu savoir comment j'ai pu l'éle-
ver ainsi, dans le luxe, comment j'ai pu faire pour lui
permettre de vivre cette vie éclatante et joyeuse des
enfants du grand monde ? Mon bien-aimé, je te parle
du sein de l'ombre. Je n'ai pas de honte, je vais te le
dire, mais ne t'effraie pas ; mon bien-aimé, je me suis
vendue. Je n'ai pas été précisément ce qu'on appelle
une fille de la rue, une prostituée, mais je me suis vendue. J'ai eu de riches amis, des amants fortunés ; tout
d'abord, je les ai cherchés, puis ce furent eux qui me

---

1. Il s'agit probablement de la ville italienne, en Vénétie Julienne,
près de Gorizia ; Zweig avait fait plusieurs voyages en Italie, notamment en 1908-1909, puis en 1921.

cherchèrent, car – l'as-tu jamais remarqué ? – j'étais
très jolie. Chaque homme à qui je me donnais me prenait en affection ; tous m'ont été reconnaissants, tous se
sont attachés à moi, tous m'ont aimée... tous, sauf toi,
oui, toi seul, ô mon bien-aimé !

Me méprises-tu à présent que je t'ai révélé que je me
suis vendue ? Non, je le sais, tu ne me méprises pas ; je
sais que tu comprends tout et que tu comprendras aussi
que je l'ai seulement fait pour toi, pour cet autre toi-
même, pour ton enfant. J'avais touché, un jour, dans
cette salle de l'hôpital, à l'horreur de la pauvreté ; je
savais qu'en ce monde le pauvre est toujours la victime, celui qu'on abaisse et foule aux pieds, et je ne
voulais à aucun prix que ton enfant, ton enfant éclatant
de beauté, grandît dans les bas-fonds, se pervertît au
contact grossier des gens de la rue, s'étiolât dans l'air
empesté d'un immeuble sur cour. Sa bouche délicate ne
devait pas connaître les mots du ruisseau, ni son corps
d'ivoire le linge malodorant et rugueux du pauvre. Il fallait que ton enfant profitât de tout, de toute la richesse
et de toutes les commodités de la terre : il fallait, à son
tour, qu'il s'élevât au niveau de ta vie.

C'est la raison, la seule raison, mon bien-aimé, pour
laquelle je me suis vendue. Pour moi, ce n'a pas été
un sacrifice ; car ce que l'on nomme communément
honneur ou déshonneur n'existait pas à mes yeux. Tu
ne m'aimais pas, toi le seul à qui mon corps appartînt,
donc ce que mon corps pouvait faire me laissait indifférente. Les caresses des hommes, même leur passion la
plus profonde, ne touchaient pas mon cœur, bien que je
dusse accorder beaucoup d'estime à plusieurs d'entre
eux et que, devant leur amour sans retour, me rappelant
mon propre sort, la pitié m'ébranlât souvent. Tous ceux
que je connus furent bons pour moi, tous m'ont gâtée,
tous m'ont estimée. Surtout un comte, veuf et âgé,

celui qui ne recula devant aucune démarche pour faire admettre au Theresianum l'enfant sans père, ton enfant. Il m'aimait comme sa fille. Trois fois, quatre fois il m'a demandée en mariage. Aujourd'hui, je serais comtesse, maîtresse d'un château féerique dans le Tyrol; je n'aurais pas de soucis, car l'enfant aurait eu un père tendre et qui l'eût adoré, et moi, un mari distingué, bon et doux. Je n'ai pas accepté, bien qu'il eût insisté très fort et très souvent, bien que mon refus lui eût fait beaucoup de mal. J'ai peut-être commis une folie, car je vivrais à présent tranquille, retirée en quelque lieu et avec moi, cet enfant, cet enfant chéri. Pourquoi ne pas te l'avouer? Je ne voulais pas me lier; je voulais à tout moment être à ta disposition. Au plus profond de mon cœur, dans mon être inconscient, vivait toujours ce vieux rêve enfantin que peut-être tu m'appellerais encore une fois, ne fût-ce que pour une heure. Et pour l'éventualité de cette heure, j'ai tout repoussé, parce que je désirais être prête à ton premier appel. Toute ma vie, depuis que je suis sortie de l'enfance, a-t-elle été autre chose qu'une attente, l'attente de ta volonté?

Et cette heure est réellement venue. Mais tu ne sais pas quand. Tu ne t'en doutes pas, mon bien-aimé. Même à ce moment-là, tu ne m'as pas reconnue – jamais, jamais, jamais tu ne m'as reconnue! Oui, souvent déjà, je t'avais rencontré dans les théâtres, les concerts, au Prater, dans la rue – chaque fois mon cœur tressaillait, mais tu passais sans me voir. Extérieurement, j'étais certes tout autre; l'enfant craintive était devenue une femme, une belle femme, comme on disait, couverte de superbes toilettes et entourée d'admirateurs. Comment aurais-tu pu soupçonner en moi la timide jeune fille que tu avais vue à la lumière nocturne de ta chambre à coucher! Parfois, un des hommes avec qui j'étais te saluait; tu répondais à son salut et levais les yeux vers moi ; mais ton regard était aussi étranger que courtois ; il m'appréciait seulement et ne me reconnaissait pas ; il était d'un étranger, atrocement étranger. Un jour, je me le rappelle encore, cet oubli de ma personne, auquel j'étais déjà presque habituée, fut pour moi un supplice. Je me trouvais dans une loge à l'Opéra, avec un ami, et tu étais assis dans la loge voisine. À l'ouverture, les lumières s'éteignirent ; je ne pouvais plus voir ton visage, mais je sentais ton souffle si près de moi, comme je l'avais senti en cette nuit d'amour et, sur le rebord garni de velours qui séparait nos loges, reposait ta main, ta main fine et délicate. Un désir infini s'empara de moi : celui de me pencher et de déposer humblement un baiser sur cette main étrangère, cette main chérie, dont j'avais un jour senti le tendre enlacement. Autour de moi, la musique répandait ses ondes pénétrantes ; mon désir devenait de plus en plus passionné. Je fus obligée de maîtriser mes nerfs pour ne pas me lever, si vive était la force qui attirait mes lèvres vers ta chère main. À la fin du premier acte, je demandai à mon ami de nous en aller. Je ne pouvais plus supporter de t'avoir là, à côté de moi, si étranger et si proche, dans l'obscurité.

Mais l'heure tant attendue vint pourtant, elle vint encore une fois, une dernière fois dans ma vie perdue. C'était, il y a exactement un an, le lendemain de ton anniversaire. Chose étrange, je n'avais cessé de penser à toi, car cet anniversaire, je le célèbre toujours comme une fête. J'étais déjà sortie de très grand matin, et j'avais acheté les roses blanches que je te faisais envoyer tous les ans en souvenir d'un moment que tu avais oublié. L'après-midi, j'allai promener l'enfant ; je le conduisis à la pâtisserie Demel, et le soir, je le menai au théâtre. Je voulais que, lui aussi, en quelque manière, dès sa jeunesse, considérât ce jour, sans qu'il en connût la signi-

fication, comme une fête mystique. Ensuite, je passai
le lendemain avec l'ami que j'avais à cette époque, un
jeune et riche industriel de Brünn[1], avec qui je vivais
depuis déjà deux années, qui me gâtait et m'idolâ-
trait. Celui-là aussi voulait m'épouser, mais de même
qu'aux autres, je lui avais sans apparence de raisons
opposé un refus, bien qu'il nous comblât de cadeaux,
l'enfant et moi, et qu'il fût digne lui-même d'être aimé
pour sa bonté, un peu épaisse et soumise. Nous allâmes
ensemble à un concert, où nous rencontrâmes des
gens fort gais ; nous soupâmes dans un restaurant de la
Ringstrasse, et là, parmi les rires et les bavardages, je
proposai d'aller dans un *dancing,* le Tabarin. D'ordi-
naire, ce genre d'établissements, avec leur gaieté fac-
tice et abreuvée d'alcool, m'était antipathique, comme
tout ce qu'on appelle « la noce », et toujours ceux qui
proposaient des distractions de cet ordre rencontraient
mon refus. Mais cette fois-ci – je croyais sentir en moi
une puissance magique impénétrable, qui me fit soudain
lancer inconsciemment ma proposition, et chacun s'y
rallia avec une joyeuse excitation, – j'éprouvais tout à
coup un désir inexplicable, comme si quelque chose de
particulier m'attendait en cet endroit. Habitués à m'être
agréable, tous se levèrent, et nous allâmes au Tabarin.
Nous bûmes du champagne, et subitement une joie tout
à fait folle s'empara de moi, une joie presque doulou-
reuse même, comme je n'en avais jamais connu. Je
buvais et buvais, chantant comme les autres les chan-
sons grivoises, et j'éprouvais un besoin presque irrésistible de danser et de m'amuser. Soudain – on eût dit que
quelque chose de froid ou de brûlant s'était posé sur

---

1. Nom allemand de l'actuelle Brno, en Tchécoslovaquie ; ville
située dans la province de Moravie d'où était originaire le grand-
père paternel de Zweig.

mon cœur – je sursautai : tu étais assis avec des amis à la table voisine et tu portais sur moi un regard d'admiration et de désir, ce regard qui toujours m'a remuée jusqu'au tréfonds de l'âme. Pour la première fois depuis dix ans, tes yeux s'attachaient de nouveau sur moi de toute la force inconsciente et passionnée de ton être. Je tremblais. Le verre que je tenais levé faillit tomber de mes mains. Heureusement, mes compagnons de table ne s'aperçurent pas de mon trouble, qui s'effaça dans le bruit des rires et de la musique.

Ton regard devenait de plus en plus brûlant et me plongeait tout entière dans un brasier. Je ne savais pas si tu m'avais enfin, enfin reconnue ou si tu me désirais comme une femme que tu n'aurais pas encore tenue dans tes bras, comme une autre, comme une étrangère. Le sang me montait aux joues, et je répondais distraitement aux personnes qui étaient avec moi. Tu avais remarqué sans doute combien ton regard me troublait. D'un signe de tête, imperceptible pour les autres, tu me demandas de bien vouloir sortir un instant dans le vestibule. Puis tu réglas l'addition de façon ostensible ; tu pris congé de tes amis et sortis, non sans m'avoir préalablement fait signe encore une fois que tu m'attendais dehors. Je tremblais comme si j'avais été en proie au froid ou à la fièvre. Je ne pouvais plus répondre à aucune question ; je me trouvais dans l'impossibilité de maîtriser mon sang en ébullition. Le hasard voulut que, précisément à ce moment-là, un couple de Noirs commençât une nouvelle et étrange danse, en frappant des talons et en poussant des cris aigus. Tout le monde avait les yeux sur eux ; je mis cette seconde à profit. Je me levai, dis à mon ami que je revenais aussitôt, et je te suivis.

Dehors, tu m'attendais dans le vestibule, devant le vestiaire. Ton regard s'éclaira en me voyant venir.

Tu accourus, souriant, au-devant de moi. Je vis immédiatement que tu ne me reconnaissais pas, que tu ne
reconnaissais pas l'enfant ni la jeune fille d'autrefois.
De nouveau, en tendant la main vers moi, tu l'avan-
çais vers quelqu'un de nouveau, quelqu'un d'inconnu.
« Ne pourriez-vous, un jour, à moi aussi, me consacrer
une heure ? » me demandas-tu familièrement. Je sentis à ton assurance que tu me prenais pour une de ces
femmes qui se vendent pour la soirée. « Oui », fis-je.
C'était le même « oui » tremblant et pourtant naturel
et bien consentant par lequel, il y avait plus de dix
ans, la jeune fille que j'étais alors t'avait répondu dans
la rue crépusculaire. « Et quand pourrions-nous nous
voir ? — Quand vous voudrez. » Devant toi, je n'avais
aucune honte. Tu me regardas un peu étonné, en proie
à ce même étonnement, fait de méfiance et de curiosité,
que tu avais également montré jadis devant la rapidité de mon acquiescement. « Seriez-vous libre maintenant ? » me demandas-tu avec quelque hésitation.
— Oui, dis-je, partons. »
      Je voulus aller chercher mon manteau au vestiaire.
      À ce moment, il me revint à l'esprit que le man-
teau de mon ami et le mien étaient ensemble et qu'il
avait le ticket. Retourner le lui demander, sans motif
précis, n'eût pas été possible ; d'autre part, renoncer
à l'heure que je pouvais passer avec toi, cette heure
ardemment désirée depuis des années, cela, je ne le
voulais pas. Aussi n'hésitai-je pas une seconde : je me
contentai de mettre mon châle sur ma robe du soir, et
je sortis dans la nuit brumeuse et humide, sans m'occuper de mon manteau, sans me soucier de l'être bon et
affectueux qui me faisait vivre depuis des années, de
l'homme que je couvrais de ridicule devant ses amis,
en le laissant ainsi, moi qui étais depuis des années
sa maîtresse, au premier clin d'œil d'un étranger. Oh !

j'avais entièrement conscience, au plus profond de moi-même, de la bassesse, de l'ingratitude, de l'infamie que je commettais envers un ami sincère ; je sentais que j'agissais ridiculement et que par ma folie j'offensais à jamais, mortellement, un homme plein de bonté pour moi ; je me rendais compte que je brisais ma vie, mais que m'importait l'amitié, que m'importait l'existence, au prix de l'impatience que j'avais de sentir encore une fois tes lèvres et d'entendre monter vers moi tes paroles de tendresse ? C'est ainsi que je t'ai aimé ; je peux le dire, à présent que tout est passé, que tout est fini. Et je crois que si tu m'appelais sur mon lit de mort, je trouverais encore la force de me lever et d'aller te rejoindre.

Une voiture se trouvait devant la porte, et nous filâmes chez toi. J'entendis de nouveau ta voix, je te sentis de nouveau tendre, tout près de moi ; j'étais exactement aussi enivrée, en proie au même bonheur enfantin et confus qu'autrefois. Dans quel état d'exaltation je grimpai de nouveau les escaliers, pour la première fois après plus de dix ans, non, non, je ne peux pas te le dire ; je ne peux pas te décrire comment, dans ces quelques secondes, un double sentiment confondait en moi tout le passé et le présent, ni comment, dans tout cela, dans tout cela je n'apercevais toujours que toi. Il y avait peu de changement dans ta chambre. Quelques tableaux en plus, un plus grand nombre de livres, çà et là des meubles étrangers, mais tout pourtant m'adressait un salut familier. Et sur ton bureau se trouvait le vase avec les roses, mes roses, celles que je t'avais envoyées le jour précédent, à l'occasion de ton anniversaire et en souvenir d'une femme que tu ne te rappelais cependant pas, que tu ne reconnaissais pas, même maintenant qu'elle était près de toi, que ta main tenait sa main, que tes lèvres pressaient ses lèvres. Néanmoins, j'étais heu-

reuse de voir que tu prenais soin de mes fleurs : de cette
façon flottait malgré tout, autour de toi, un souffle de
mon être, un parfum de mon amour.

Tu me pris dans tes bras. Je passai de nouveau toute
une nuit de délices avec toi. Mais, même en ma nudité,
tu ne me reconnaissais pas. Heureuse, je m'abandonnais
à tes savantes tendresses, et je vis que ta fougue amoureuse ne faisait aucune différence entre une amante et
une femme qui se vend, que tu te livrais entièrement à
ton désir, avec toute la légèreté et la prodigalité qui te
caractérisent. Tu étais si doux, si tendre envers moi,
envers celle que tu avais rencontrée dans une boîte de
nuit, si distingué, si cordial, si plein d'attentions, et
cependant tu montrais en même temps une telle passion dans la jouissance de la femme. De nouveau, enivrée de l'ancien bonheur, je sentais dans ta sensualité
cette dualité caractéristique de ton être, cette passion
cérébrale et lucide qui, déjà, avait fait de l'enfant ton
esclave. Jamais je n'ai connu chez un homme, dans ses
caresses, un abandon aussi absolu au moment présent,
une telle effusion et un tel rayonnement des profon-
deurs de l'être – pour s'éteindre ensuite à vrai dire dans
un oubli infini et presque inhumain. Mais moi aussi je
m'oubliais : qu'étais-je à présent dans l'obscurité, à
côté de toi ? Etais-je l'ardente gamine de jadis, la mère
de ton enfant, étais-je l'étrangère ? Ah ! tout était si
familier, déjà vécu pour moi, et cependant tout était si
frémissant de vie nouvelle, en cette nuit passionnée ! Et
je priais pour qu'elle ne prît jamais fin !

Mais le matin arriva. Nous nous levâmes tard. Tu
m'invitas encore à déjeuner avec toi. Nous bûmes
ensemble le thé, qu'un domestique invisible avait servi
discrètement dans la salle à manger, et nous bavar-
dâmes. De nouveau, tu me parlas avec toute la familiarité franche et cordiale qui t'est propre, et de nouveau,

sans me poser de questions indiscrètes, sans manifes-
ter de curiosité à l'égard de ma personne. Tu ne me
demandas ni mon nom, ni mon domicile. Encore une
fois, je n'étais pour toi que l'aventure, la femme anonyme, l'heure de passion qui se volatilise dans la fumée
de l'oubli, sans laisser de trace. Tu me racontas que
maintenant tu allais faire un long voyage de deux ou
trois mois en Afrique du Nord[1]. Je tremblais au milieu
de mon bonheur, car déjà retentissait à mon oreille le
martèlement de ces mots : fini ! fini, oublié ! Volontiers
je me serais jetée à tes genoux en criant : « Emmène-
moi avec toi, pour qu'enfin tu me reconnaisses, enfin,
enfin, après tant d'années. » Mais j'étais si timide et
si lâche, si faible et si servile devant toi. Je ne pus que
dire : « Quel dommage ! » Ton regard se posa sur moi
en souriant et tu me demandas : « En éprouves-tu vraiment de la peine ? »

À ce moment, je fus saisie comme d'un brusque
emportement. Je me levai, je te regardai longtemps,
fermement. Puis je dis : « L'homme que j'aimais est,
lui aussi, toujours en voyage. » Puis je te regardai droit
dans la prunelle. « Maintenant, maintenant il va me
reconnaître », me disais-je, tremblante et tendue de tout
mon être. Mais tu ne répondis que par un sourire et
tu déclaras pour me consoler : « Oui, mais on revient.
— Oui, répliquai-je, on revient, mais on a oublié. »

Il devait y avoir quelque chose d'étrange, quelque
chose de passionné dans la façon dont je te dis cela,
car tu te levas aussi, et tu me regardas avec étonnement
et beaucoup de tendresse. Tu me pris par les épaules :
« Ce qui est bon ne peut s'oublier, je ne t'oublierai
pas », me dis-tu. En même temps, ton regard plongeait

---

1. Zweig avait fait en 1908-1909 un bref voyage à Alger.

jusqu'au fond de moi-même, semblant vouloir prendre l'empreinte de mon image. Et comme je le sentais pénétrer, cherchant, fouillant, aspirant tout mon être, à ce moment-là je crus que le charme qui t'empêchait de voir était rompu. Il va me reconnaître, il va me reconnaître ! Mon âme entière tremblait à cette pensée.

Mais tu ne me reconnus pas. Non, tu ne me reconnus pas, et, à aucun moment, je ne te fus plus étrangère qu'en cette seconde, sans quoi jamais tu n'aurais pu faire ce que tu fis quelques minutes plus tard. Tu m'avais embrassée, embrassée encore une fois, passionnément. Je dus réparer le désordre de mes cheveux. Pendant que j'étais devant la glace – ah ! je crus m'évanouir de honte et d'effroi ! – je te vis, derrière moi, en train de glisser discrètement dans mon manchon quelques gros billets de banque. Comment ai-je été assez forte pour ne pas crier, ne pas te gifler à cet instant-là, moi qui t'aimais depuis mon enfance, moi, la mère de ton enfant, tu me payais pour cette nuit ! À tes yeux, j'étais une cocotte du Tabarin, rien de plus – et tu m'avais payée, oui, payée ! Ce n'était pas assez que tu m'eusses oubliée, il fallait encore que tu m'avilisses.

Je ramassai rapidement mes affaires. Je voulais m'en aller, m'en aller vite. Je souffrais trop. J'avançai la main pour prendre mon chapeau ; il était sur le bureau, à côté du vase contenant les roses blanches, mes roses. À ce moment, un besoin, puissant, irrésistible, s'empara de moi ; je devais tenter encore une fois de réveiller tes souvenirs : « Ne voudrais-tu pas me donner une de tes roses blanches ? dis-je. — Volontiers ! » répondis-tu. Et immédiatement, tu en pris une. « Mais, peut-être est-ce une femme qui te les a données, une femme qui t'aime ? remarquai-je. — Peut-être, dis-tu, mais je l'ignore. Elles m'ont été données je ne sais par qui, c'est pourquoi je les aime tant. » Je te regardai. « Peut-être aussi viennent-elles d'une femme que tu as oubliée ? » Surpris, tu levas les yeux. Je te regardai fixement. « Reconnais-moi, reconnais-moi enfin ! », criait mon regard. Mais tes yeux souriaient amicalement, sans comprendre. Tu m'embrassas encore une fois, mais tu ne me reconnus pas.

Je me dirigeai rapidement vers la porte, car je sentais les larmes me monter aux yeux, et, cela, il ne fallait pas que tu le visses. Dans l'antichambre, tellement j'étais sortie avec précipitation, je faillis buter contre Johann, ton domestique. Effrayé, il fit en hâte un bond sur le côté et ouvrit brusquement la porte pour me laisser passer. Et comme je le regardais, durant cet instant, entends-tu ? durant cette unique seconde, comme, les larmes aux yeux, je regardais cet homme âgé, je vis une lueur soudaine palpiter dans son regard. Dans l'espace d'une seconde, entends-tu ? dans l'espace de cette unique seconde, ton vieux domestique m'a reconnue, lui qui depuis mon enfance ne m'avait pas vue. Je me serais mise à genoux, je lui aurais baisé les mains ! J'arrachai vite de mon manchon les billets de banque avec lesquels tu m'avais flagellée et je les lui glissai dans la main. Il tremblait, me regardait avec effroi ; en cette seconde, il m'a peut-être mieux comprise que toi dans toute ton existence. Tous les hommes, tous, m'ont gâtée ; tous se sont montrés bons envers moi ; toi, toi seul tu m'as oubliée, toi, toi seul, tu ne m'as jamais reconnue.

Mon enfant est mort, notre enfant. À présent, je n'ai plus personne au monde, personne à aimer que toi. Mais qu'es-tu pour moi, toi qui jamais ne me reconnais, toi

qui passes à côté de moi comme on passe au bord de
l'eau, toi qui marches sur moi comme sur une pierre,
toi qui toujours vas, qui toujours poursuis ta route et
me laisses dans l'attente éternelle? Un jour je crus te
tenir, tenir en cet enfant l'être fuyant que tu es. Mais
c'était ton enfant : pendant la nuit, il m'a quittée cruellement pour aller en voyage; il m'a oubliée et jamais
il ne reviendra! De nouveau je suis seule, plus seule
que jamais; je n'ai rien, plus rien de toi, rien – plus
d'enfant, pas une ligne, pas un mot, pas un souvenir, et
si quelqu'un prononçait mon nom devant toi, il n'aurait
pour toi aucune signification. Pourquoi ne mourrais-je
pas volontiers, puisque pour toi je n'existe pas? Pourquoi ne pas quitter ce monde, puisque tu m'as quittée?
Non, mon bien-aimé, je te le dis encore, je ne t'accuse
pas; je ne veux pas que mes lamentations aillent jeter le
trouble dans la joie de ta demeure. Ne crains pas que je
t'obsède plus longtemps; pardonne-moi, j'avais besoin
de crier, une fois, de toute mon âme, à cette heure où
mon enfant est étendu là, sans vie et abandonné. Il fallait que je te parle une fois, rien qu'une seule fois. Je
retourne ensuite dans mes ténèbres, et je redeviens
muette, muette comme je l'ai toujours été à côté de toi.
Mais ce cri ne te parviendra pas tant que je vivrai. Ce
n'est que quand je serai morte que tu recevras ce tes-
tament, d'une femme qui t'a plus aimé que toutes les
autres, et que tu n'as jamais reconnue, d'une femme qui
n'a cessé de t'attendre et que tu n'as jamais appelée.
Peut-être, peut-être alors m'appelleras-tu, et je te serai
infidèle, pour la première fois, puisque dans ma tombe,
je n'entendrai pas ton appel. Je ne te laisse aucun por-
trait, aucune marque d'identité, de même que toi, tu ne
m'as rien laissé; jamais tu ne me reconnaîtras, jamais!
C'était ma destinée dans la vie; qu'il en soit de même
dans la mort. Je ne veux pas t'appeler à ma dernière

heure, je m'en vais sans que tu connaisses mon nom, ni mon visage. Je meurs facilement, car de loin tu ne t'en rendras pas compte. Si tu devais souffrir de ma mort, je ne pourrais pas mourir !

Je ne peux plus continuer à écrire... J'ai la tête si lourde... les membres me font mal, j'ai la fièvre... Je crois que je vais être obligée de m'étendre tout de suite. Ce sera peut-être bientôt fini... Peut-être que le destin me sera clément une fois et que je ne devrai pas les voir emporter mon enfant... Je ne peux plus écrire. Adieu ! mon bien-aimé, adieu ! je te remercie... Ce fut bien comme ce fut, malgré tout... Jusqu'à mon dernier souffle, je t'en remercierai... Je me sens soulagée : je t'ai tout dit, tu sais à présent – non, tu le devines seulement – combien je t'ai aimé, et pourtant cet amour ne te laisse rien de pesant. Je ne te manquerai pas – cela me console. Il n'y aura aucun changement dans ta vie magnifique et lumineuse... Ma mort ne te causera aucun ennui... Cela me console, ô mon bien-aimé !

Mais qui... qui maintenant, chaque année, pour ton anniversaire, t'enverra des roses blanches ? Ah ! le vase sera vide, et ce sera fini aussi de ce faible souffle de ma vie, de cette haleine de mon être qui flottait une fois l'an autour de toi ! Mon bien-aimé, écoute, je t'en prie... c'est la première et la dernière prière que je t'adresse... par amour pour moi, fais ce que je te demande : à chacun de tes anniversaires – car c'est un jour où l'on pense à soi – procure-toi des roses et mets-les dans le vase. Fais cela, fais cela comme d'autres font dire une messe une fois l'an, pour une chère défunte. Je ne crois plus en Dieu et ne veux pas de messe ; je ne crois qu'en toi, je n'aime que toi et ne veux survivre qu'en toi... Oh ! rien qu'un jour dans l'année et tout à fait, tout à fait silencieusement, comme j'ai vécu à côté de toi... Je t'en prie, fais-le, ô mon bien-aimé... C'est la première prière que je t'adresse, c'est aussi la dernière... Je te remercie... je t'aime... je t'aime... adieu...

Ses mains tremblantes lâchèrent la lettre. Puis il réfléchit longuement. Confusément montait en lui un mince souvenir d'une enfant du voisinage et d'une jeune fille, d'une femme rencontrée dans une boîte de nuit, mais ce souvenir restait vague et indistinct, comme une pierre qui brille et qui tremble au fond de l'eau, sans contours précis. Des ombres s'avançaient et reculaient, sans jamais constituer une image nette. Il remuait de tendres souvenirs, et pourtant il ne se souvenait pas. Il lui semblait avoir rêvé de toutes ces figures, rêvé souvent et profondément, mais seulement rêvé.

Son regard tomba alors sur le vase bleu qui se trouvait devant lui sur son bureau. Il était vide, vide pour la première fois au jour de son anniversaire. Il eut un tressaillement de frayeur. Ce fut pour lui comme si, soudain, une porte invisible s'était ouverte et qu'un courant d'air glacé, sorti de l'autre monde, eût pénétré dans la quiétude de sa chambre. Il sentit que quelqu'un venait de mourir; il sentit qu'il y avait eu là un immortel amour : au plus profond de son âme, quelque chose s'épanouit, et il eut pour l'amante invisible une pensée aussi immatérielle et aussi passionnée que pour une musique lointaine.

LA RUELLE AU CLAIR DE LUNE

Son titre à lui seul désigne ce récit comme un de ces « nocturnes » où l'on trouve confirmée la conviction, exprimée dès 1904 par Stefan Zweig, que « notre vie a des significations plus profondes que les simples événements extérieurs, qui nous réunissent puis nous séparent, et qu'une profonde magie de l'existence gouverne nos destinées, même lorsque nous croyons en rester les maîtres — une magie que seuls les sentiments perçoivent, et non les sens ».

La Ruelle au clair de lune, *dont le titre originel devait être* Verworrene Erinnerungen (Souvenirs confus), *a paru en 1922 dans le recueil intitulé* Amok. Novellen einer Leidenschaft (Amok. Nouvelles d'une passion) *(Leipzig, Insel-Verlag). Elle figurait en dernière position, après* Der Amokläufer (Amok), Die Frau und die Landschaft (La Femme et le Paysage), Phantastische Nacht (La Nuit fantastique) *et* Brief einer Unbekannten (Lettre d'une inconnue).

Le regroupement opéré par Zweig se comprend fort bien, étant donné les affinités qui unissent cette nouvelle à la nouvelle-titre. Comme pour Amok, *le récit principal est inséré dans une sorte de cadre, fourni ici par les deux promenades solitaires que fait le narrateur dans les ruelles du port, et par les sensations et les pensées qu'elles suscitent. Mais l'histoire elle-même est structurée différemment. Elle se divise en deux parties de longueur à peu près égale, qui s'enchaînent autour d'un renversement de situation ou plutôt de perspective (le personnage qui, jusque-là, passait pour la victime s'avère être le persécu-teur). Par ce procédé dramatique, elle évoque un peu une intrigue policière ou tout au moins son ambiance, d'autant que le quartier du port où le narrateur s'est aventuré dégage une atmosphère trouble et que celui-ci se sent incité à en percer les mystères.*

*C'est aussi par le climat dans lequel elles baignent que les deux nouvelles sont apparentées. Climat noc-turne et, surtout pour ce qui est d'*Amok, *maritime. Climat étrange et inquiétant par l'impression d'irréa-lité et par la sensation d'effroi qu'il fait naître chez le narrateur. Très frappante est, à cet égard, la res-semblance des deux premiers « face-à-face » (ou plu-tôt « côte-à-côte ») entre lui-même et l'homme dont il va recevoir les confidences : ce n'est d'abord qu'une voix dans l'ombre qui le fait sursauter, puis une sil-houette fantomatique qu'il devine sans la voir ; enfin, après un silence vite insupportable, un être humain à part entière.*

*Alors se révèle – et c'est là la ressemblance essen-tielle entre les deux nouvelles – une problématique commune : comme le médecin d'*Amok, *le négociant de* La Ruelle au clair de lune *vit ses rapports avec les femmes comme des rapports de domination. Plus précisément, il a choisi de « tirer de la misère » l'une d'entre elles, puis essayé de la maintenir dans un humiliant état de servitude, afin de compenser son propre sentiment d'infériorité. Le départ de cette femme lui révèle l'amour fou qu'il lui porte. Cette passion le contraint petit à petit à inverser les rôles : c'est désormais lui qui est soumis aux humiliations. Tel un héros de Dostoïevski (écrivain auquel Zweig* consacrera un essai en 1927), il se met maintenant lui-même en position d'être insulté, ridiculisé, traité comme un chien, par une femme haineuse. Ainsi, on peut dire que La Ruelle au clair de lune *illustre de façon impressionnante la dimension compulsive – et donc inéluctable – de la « passion » sadomasochiste.*

★

La traduction française, par Alzir Hella et Oli-vier Bournac, a été publiée en 1930 aux éditions J. Snell (avec La Gouvernante*), puis, la même année, chez Stock, mais cette fois au sein d'un recueil plus conforme à l'édition d'origine (une réimpression a eu lieu en 1979 dans la « Bibliothèque cosmopolite Stock »). Remarquons toutefois qu'en 1930, l'éditeur Stock, s'il tint compte de la critique faite en 1926 par Romain Rolland, adopta une solution intermédiaire, puisqu'il ne publia pas le recueil original dans son intégralité.*

B. V.-C. et G. R.

Le navire, retardé par la tempête, n'avait pu aborder que très tard le soir, dans le petit port français, et le train de nuit pour l'Allemagne était manqué. Il me fallait donc rester au dépourvu une journée à attendre en un lieu étranger, passer une soirée sans autre attraction que la musique sentimentale et mélancolique d'un café-concert du faubourg, ou encore la conversation monotone avec des compagnons de voyage tout à fait fortuits. L'atmosphère de la petite salle à manger de l'hôtel, grasse d'huile et opaque de fumée, me parut intolérable, et sa crasse grise m'était d'autant plus sensible que mes lèvres gardaient encore la fraîcheur salée du pur souffle marin. Je sortis donc, suivant au hasard la large rue éclairée, jusqu'à une place où jouait une musique municipale, puis plus loin je trouvai le flot nonchalant des promeneurs qui déferlait sans cesse. D'abord, cela me fit du bien d'être ainsi roulé machinalement dans le courant de ces hommes au costume provincial et qui m'étaient indifférents ; mais bientôt je fus excédé de voir auprès de moi ce passage continuel d'étrangers, avec leurs éclats de rire sans cause, leurs yeux qui me dévisageaient d'un air étonné, bizarre ou ricaneur ; excédé de ces contacts qui, sans qu'il y paraisse, me poussaient toujours plus loin, de ces mille petites lumières et de ce piétinement continuel de la foule. La traversée avait été mouvementée, et dans

mon sang bouillonnait encore comme un sentiment
d'étourdissement et de douce ivresse : je sentais toujours sous mes pieds le glissement et le balancement
du navire ; le sol me semblait remuer comme une poitrine qui respire, et la rue avait l'air de vouloir s'éle-
ver jusqu'au ciel. Tout à coup, je fus pris de vertige
devant ce bruit et ce tourbillonnement, et pour m'en
préserver j'obliquai, sans regarder son nom, dans une
rue latérale, puis dans une rue plus petite où mourait
peu à peu ce tumulte insensé : ensuite je continuai sans
but mon chemin dans le labyrinthe de ces ruelles se
ramifiant comme des veines et qui devenaient toujours
plus sombres à mesure que je m'éloignais de la place
principale. Les grands arcs des lampes électriques, ces
lunes des vastes boulevards, ne flambaient plus ici, et
au-dessus du maigre éclairage, on commençait enfin à
apercevoir de nouveau les étoiles et un ciel noir, nua-
geux.

Je devais être près du port, dans le quartier des matelots ; je le sentais à cette odeur de poisson pourri, à
cette exhalaison douceâtre de varech et de pourriture
qu'ont les algues portées sur le rivage par le flux, à
cette senteur particulière de parfums corrompus et de
chambres sans aération qui règne lourdement dans ces
coins, jusqu'à ce que vienne y souffler la grande tempête. Cette obscurité incertaine m'était agréable ainsi
que cette solitude inattendue ; je ralentis mon pas,
observant maintenant une ruelle après l'autre, chacune
différente de sa voisine : ici le calme, ici la galante-
rie, mais toutes obscures, et avec un bruit assourdi de
musique et de voix, qui émanait de l'invisible, du sein
de leurs caves, si secrètement qu'on devinait à peine
la source souterraine d'où il venait. Car toutes ces maisons étaient fermées, et seule y clignotait une lumière
rouge ou jaune.

J'aimais ces ruelles des villes étrangères, ce marché impur de toutes les passions, cet entassement clandestin de toutes les séductions pour les matelots qui, excédés de leurs nuits solitaires sur les mers lointaines et périlleuses, entrent ici pour une nuit, satisfaire dans une heure la sensualité multiple de leurs rêves. Il faut qu'elles se cachent quelque part dans un bas-fond de la grande ville, ces petites ruelles, parce qu'elles disent avec tant d'effronterie et d'insistance ce que les maisons claires aux vitres étincelantes, où habitent les gens du monde, cachent sous mille masques. Ici, la musique retentit et attire dans de petites pièces ; les cinématographes, avec leurs affiches violentes, promettent des splendeurs inouïes ; de petites lanternes carrées se dérobent sous les portes et, comme par signes, avec un salut confidentiel, vous adressent une invite très nette ; par l'entrebâillement d'une porte, brille la chair nue sous des chiffons dorés. Dans les cafés braillent les voix des ivrognes et monte le tapage des querelles entre joueurs. Les matelots ricanent quand ils se rencontrent en ce lieu ; leurs regards mornes s'animent d'une foule de promesses, car ici, tout se trouve : les femmes et le jeu, l'ivresse et le spectacle, l'aventure, grande ou sordide. Mais tout cela est dans l'ombre ; tout cela est renfermé secrètement derrière les volets des fenêtres hypocritement baissés ; tout cela ne se passe qu'à l'intérieur, et cette apparente réserve est doublement excitante par la séduction du mystère et de la facilité d'accès. Ces rues sont les mêmes à Hambourg qu'à Colombo[1] et à la Havane ; elles sont les mêmes partout, comme le sont aussi les grandes avenues du luxe,

---

1. Port sur l'océan Indien, capitale de Ceylan (l'actuel Sri Lanka) que Zweig avait visité lors de son voyage de 1908-1909.

car les sommets ou les bas-fonds de la vie ont partout la même forme ; ces rues inciviles, émouvantes par ce qu'elles révèlent et attirantes par ce qu'elles cachent, sont les derniers restes fantastiques d'un monde aux sens déréglés, où les instincts se déchaînent encore brutalement et sans frein, une forêt sombre de passions, un hallier plein de bêtes sauvages. Le rêve peut s'y donner carrière.

C'est dans une de ces rues-là que je me sentis tout à coup prisonnier. J'avais suivi au hasard un groupe de cuirassiers dont les sabres traînants cliquetaient sur le pavé raboteux. Dans un bar, des femmes les appelèrent ; elles riaient et leur criaient de grosses plaisanteries ; l'un d'eux frappa à la fenêtre, ensuite une voix vomit quelque part des injures, et ils continuèrent ; les rires devinrent lointains, et bientôt je ne les entendis plus. La rue était de nouveau muette ; quelques fenêtres clignotaient vaguement dans l'éclat voilé d'une lune blafarde. Je m'arrêtai et j'aspirai en moi ce silence qui me paraissait étrange, parce que derrière bourdonnait comme un mystère de voluptés et de dangers. Je sentais clairement que cette solitude était mensongère et que, sous les troubles vapeurs de cette ruelle, couvait confusément le feu de la corruption du monde. Mais je restai là, immobile, tendant l'oreille dans le silence. Je n'avais plus conscience de cette ville ni de cette ruelle ; ni de son nom ni du mien ; je sentais seulement que j'étais ici étranger, merveilleusement perdu dans l'inconnu, qu'il n'y avait en moi aucune intention, aucune mission ni aucune relation avec cet entourage, et cependant, je sentais toute cette vie obscure autour de moi, avec autant de plénitude que le sang qui coulait sous mon propre épiderme ; j'éprouvais seulement ce sentiment que rien de ce qui se passait là n'était fait pour moi, et que cepen-

dant, tout m'appartenait, ce béatifique sentiment de
vivre la vie la plus profonde et la plus vraie au milieu
de choses étrangères, ce sentiment qui fait partie des
sources les plus vivaces de mon être intérieur et qui,
dans l'inconnu, me saisit toujours comme une volupté.

Voici que, soudain, tandis que j'étais là aux écoutes,
dans la rue déserte, comme dans l'attente d'un événement inéluctable qui me tirât de cet état somnambu-
lique de contemplation dans le vide, j'entendis retentir
quelque part, voilé, assourdi par l'éloignement ou par
un mur, un chant allemand, cette ronde toute simple du
Freischütz[1] : « Belle, verte couronne de jeunes filles ».
C'était une voix de femme qui le chantait, très mal,
il est vrai, mais c'était encore une mélodie allemande,
quelques mots d'allemand dans ce coin étranger du
monde, et c'est pourquoi je trouvais que ce chant avait
un accent singulièrement fraternel. N'importe d'où il
venait, c'était pour moi un salut, la première parole
qui, depuis des semaines, m'annonçât mon pays. Qui,
me demandai-je, parle ici ma langue ? Quelle personne
se sent poussée par un souvenir intérieur à faire réson-
ner hors de son cœur, dans cette rue perdue et dépra-
vée, ce pauvre chant ? Je cherchai à découvrir d'où
venait la voix, fouillant l'une après l'autre les maisons qui étaient là plongées dans un demi-sommeil,
avec leurs fenêtres aux volets fermés, mais derrière
lesquels perfidement clignotait une lumière et parfois
s'agitait le signe de quelque main. À l'extérieur étaient
placardées des inscriptions criardes, des affiches tapa-
geuses, et les mots « ale, whisky, bière » indiquaient

---

1. Opéra de Carl-Maria von Weber (1786-1826), créé à Berlin en
1821 ; œuvre déterminante dans l'affirmation de la musique lyrique
allemande face au bel canto italien.

ici un bar interlope ; mais tout était fermé, repoussant
et invitant à la fois le passant. Et toujours, tandis qu'au
loin résonnaient quelques pas, la voix s'élevait de nouveau, cette voix qui maintenant lançait plus sonore
le trille du refrain et qui, sans cesse, se rapprochait :
déjà je repérais la maison. J'hésitai un moment, puis je
m'avançai vers la porte, à l'intérieur, que masquait un
rideau blanc. Mais, comme je me courbais résolument
pour y pénétrer, je vis soudain surgir quelque chose de
vivant dans l'ombre du couloir ; une silhouette, manifestement, était là aux aguets, collée contre la vitre, et
tressaillit d'effroi ; le visage, que baignait la rougeur
de la lanterne suspendue au-dessus de lui, était néanmoins blême de peur ; un homme me dévisagea fixement avec les yeux grands ouverts ; il murmura une
sorte d'excuse, et il disparut dans la pénombre de la
rue. Cette façon de saluer était étrange. Je le suivis des
yeux : disparaissant dans la ruelle, son ombre se distingua encore un peu, confusément. À l'intérieur réson-
nait toujours la même voix, plus limpide même, à ce
qu'il me parut. Cela m'attirait ; je poussai le loquet et
j'entrai rapidement.

Le dernier mot du chant tomba dans le silence, comme
coupé par un couteau. Et je sentis, effrayé, un vide
devant moi, le mutisme et l'hostilité, comme si j'avais
brisé quelque chose. Peu à peu, cependant, mon regard
distingua les contours de la salle qui était presque vide :
un comptoir et une table, le tout n'étant manifestement
que l'antichambre d'autres pièces situées derrière et qui,
avec leurs portes entrebâillées, la lueur voilée de leurs
lampes et leurs vastes lits tout prêts révélaient aussitôt
leur véritable destination. Au premier plan, s'appuyant
du coude sur la table, une fille, maquillée et fatiguée ;
derrière, au comptoir, la patronne, corpulente et d'un

gris sale, avec une autre fille, qui n'était pas laide. Mon
salut tomba lourdement au milieu, et ce n'est que tar-
divement qu'un écho ennuyé lui répondit. J'étais mal
à l'aise d'être ainsi venu dans cette solitude, dans un
silence si tendu et si morne, et volontiers je serais sorti
tout de suite ; mais dans mon embarras, je ne trouvai
aucun prétexte, et ainsi je pris place avec résignation
à la première table. La fille, se rappelant maintenant
son devoir, me demanda ce que je désirais boire et, à la
dureté de son français, je reconnus aussitôt que c'était
une Allemande. Je commandai un verre de bière ; elle
alla le chercher et revint avec cette démarche veule qui
trahissait l'indifférence, plus encore que la sécheresse
de ses yeux paresseusement endormis sous leurs paupières, comme des lumières en train de s'éteindre. Tout
machinalement, elle plaça, selon l'usage de ces endroits,
à côté du mien, un second verre pour elle. Lorsqu'elle
but à ma santé, son regard vide passa sur moi ; ainsi je
pus la contempler. Son visage était à vrai dire encore
beau et de traits réguliers, mais, comme par une lassitude intérieure, il était devenu vulgaire et semblable
à un masque : aucun ressort, les paupières pesantes et
la chevelure relâchée ; les joues, tachées par les fards
de mauvaise qualité, flasques, commençaient déjà à
s'affaisser, et elles tombaient en larges plis jusqu'à la
bouche. La robe aussi était mise avec négligence ; la
voix était brûlée, rendue rauque par le tabac et la bière.
Dans tout cela, je devinais un être fatigué, ne vivant
plus que par habitude et mécaniquement. Avec une timi-
dité mêlée d'horreur, je lui lançai une question. Elle
répondit sans me regarder, d'un ton indifférent et apathique, sans presque remuer les lèvres. J'avais l'impression de déranger. Derrière, bâillait la patronne ; l'autre
fille était assise dans un coin et me regardait comme si

elle eût attendu que je l'appelasse. J'aurais voulu partir, mais tout en moi était alourdi ; j'étais là, assis dans cette atmosphère trouble et saturée, chancelant de torpeur comme le sont les matelots, enchaîné à la fois par la curiosité et par le dégoût, car cette indifférence avait un côté excitant.

Brusquement je tressaillis, effrayé par un violent éclat de rire poussé à côté de moi. Et en même temps, la flamme vacilla : au courant d'air qui se produisit, je compris que quelqu'un sans doute venait d'ouvrir la porte derrière mon dos. « C'est encore toi ? railla brutalement, et en allemand, la voix de la femme à côté de moi. Tu rôdes encore autour de la maison, vieux ladre ? Allons, entre donc, je ne te ferai rien. »

Je me tournai d'abord vers celle qui avait vociféré ce salut avec autant de vivacité que si elle eût eu le feu au corps, puis je regardai vers la porte. Et avant même qu'elle fût grande ouverte, je reconnus la silhouette vacillante, le regard plein d'humilité de l'homme qui était auparavant collé à la porte. Il tenait, effarouché, son chapeau à la main, tel un mendiant, et il tremblait sous les vociférations et les rires qui, tout à coup, semblèrent secouer comme une crise le lourd profil de la femme, tandis que derrière, au comptoir, là patronne se mit aussitôt à chuchoter.

« Assieds-toi là, avec la Françoise, ordonna-t-elle au pauvre diable, lorsque, d'un pas traînant et mal assuré, il se fut rapproché. Tu vois bien que j'ai un monsieur. »

Elle lui cria cela en allemand. La patronne et l'autre fille rirent aux éclats, bien que n'y pouvant rien comprendre, mais elles paraissaient connaître le nouvel arrivant.

« Donne-lui du champagne, Françoise, du plus cher, une bouteille », lança-t-elle en riant. Et puis elle lui dit ironiquement : « Si tu le trouves trop cher, reste dehors, misérable avare. Tu voudrais me reluquer gratis, je le sais ; tu voudrais tout gratis ! »

Sous ce rire cruel, la longue silhouette sembla se ratatiner ; le dos de l'homme s'arrondit en boule, comme s'il eût voulu faire le chien couchant ; sa main trembla lorsqu'il saisit la bouteille et, en se servant, il versa du vin sur la table. Son regard, qui toujours voulait se porter sur le visage de la femme, ne pouvait pas quitter le sol, et il tâtonnait en rond sur le carrelage. C'est alors que, pour la première fois, je vis distinctement sous la lampe ce visage ravagé, émacié et blême, les cheveux moites et rares sur un crâne osseux, les articulations détendues et comme brisées, une misère d'homme, sans aucune force et pourtant non sans un air de méchanceté. Tout en lui était de travers, déjeté et avili, et ses yeux qu'enfin il réussit à lever une fois, mais qui tout de suite se rebaissèrent avec effroi, étaient traversés d'une lueur mauvaise.

« Ne vous inquiétez pas de lui, m'ordonna la fille, en français, et elle me saisit violemment le bras comme si elle voulait me renverser. C'est une vieille histoire entre lui et moi, ce n'est pas d'aujourd'hui ! » Et de nouveau, les dents étincelantes, prêtes à mordre, elle lui cria : « Oui, écoute, vieux finaud. Tu voudrais savoir ce que je dis. J'ai dit que je me jetterais dans la mer plutôt que d'aller avec toi. »

Cette fois-ci encore la patronne et l'autre fille se mirent à rire fortement et bêtement. Il semblait que ce fût pour elles un amusement habituel, une plaisanterie quotidienne. Mais je fus pris de dégoût en voyant comment soudain l'autre fille, avec une tendresse fausse, se pressa vers lui et se mit à lui faire des cajoleries, dont il frissonnait sans avoir le courage de les

repousser ; l'horreur me saisit lorsque je vis son regard
hésitant rencontrer le mien, son regard fait de crainte,
d'embarras et d'humilité. Je frémis de voir la femme
qui était à côté de moi, subitement sortie de sa veulerie,
jeter des éclairs avec tant de méchanceté que ses mains
en tremblaient. Je lançai de l'argent sur la table et je
voulus partir, mais elle ne le prit pas.

« S'il te gêne, je le mets dehors, ce chien. Il est là
pour obéir ! Allons ! bois encore un verre avec moi. »

Elle s'approcha de moi avec une sorte de tendresse
brusque et fanatique qui, je le sus aussitôt, n'était
qu'affectation, afin de torturer l'autre. À chacun de ses
mouvements, elle regardait sur le côté vers lui, et c'était
pour moi une souffrance de voir comment, à chaque
geste qu'elle faisait, il se mettait à trembler, comme si
on l'avait brûlé au fer rouge. Sans faire attention à elle,
je ne regardais que lui, et je frissonnais en sentant maintenant bouillonner chez lui comme une colère furieuse,
une envie et un désir passionnés, toutes choses qui dis-
paraissaient aussitôt qu'elle tournait la tête vers lui. À
présent elle était tout près de moi, et je touchais son
corps qui tremblait de la joie mauvaise de ce jeu ; son
visage grossier qui sentait la poudre bon marché, ainsi
que l'odeur de sa chair faisandée me faisaient horreur.
Pour l'écarter de ma figure, je pris un cigare et, pendant que mon regard parcourait encore la table pour y
chercher une allumette, elle lui ordonna brutalement :
« Apporte du feu ! »

Je fus encore plus ému que lui devant cette grossière invitation à me servir, et je m'efforçai aussitôt de
trouver du feu moi-même. Mais déjà, stimulé par ces
paroles qui avaient eu sur lui l'effet d'un coup de fouet,
il s'avançait de côté, les jambes flageolantes, et vite,
comme s'il eût couru le risque de se brûler au contact

de la table, il posa son briquet dessus. Pendant une seconde je croisai son regard : on y lisait une honte indicible et une rage écumante. Ce regard asservi toucha en moi l'homme, le frère. Je sentis l'humiliation par la femme, et j'eus honte avec lui.

« Je vous remercie beaucoup, dis-je en allemand – elle tressaillit. Vous n'auriez pas dû vous déranger. » Alors je lui tendis la main. Il eut une longue hésitation ; puis j'éprouvai le contact de doigts moites et osseux, et, tout à coup, convulsivement, une brusque pression de gratitude. Pendant une seconde, ses yeux brillèrent en me regardant, ensuite ils redisparurent sous ses paupières flasques. Par défi, je voulus le prier de prendre place près de nous et, sans doute, le geste d'invitation était déjà passé dans ma main, car elle s'empressa de lui ordonner : « Retourne t'asseoir là-bas, et ne dérange pas. »

Soudain, je fus pris de dégoût devant cette voix mordante et devant cette cruauté. Qu'avais-je à faire de cette taverne enfumée, cette répugnante prostituée, cet imbécile, cette atmosphère de bière, de tabac et de mauvais parfum ? J'avais besoin d'air. Je tendis l'argent à la femme, je me levai, et je me reculai énergiquement lorsqu'elle se rapprocha de moi, cajoleuse. J'étais honteux de participer à cet avilissement d'un homme, et je fis comprendre clairement, par la fermeté de mon recul, combien peu de pouvoir elle avait sur mes sens.

Alors, méchamment, son sang bouillonna ; un pli grossier se dessina autour de sa bouche, mais elle se garda de prononcer le mot auquel elle songeait ; avec un air de haine non dissimulé, elle se tourna vers lui qui, s'attendant au pire, s'empressa, comme terrorisé par sa menace, de mettre la main à la poche, et ses doigts tremblants en tirèrent une bourse. Il avait peur de rester maintenant seul avec elle, c'était visible, et dans sa précipitation, il avait du mal à dénouer les cordons de sa bourse qui était tricotée et garnie de perles en verre, comme en portent les paysans et les petites gens. Il était facile de remarquer qu'il n'était pas habitué à dépenser rapidement de l'argent, tout au contraire des matelots qui, en un tour de main, le sortent de leurs poches et le font sonner en le jetant sur la table. Il était manifeste qu'il avait coutume de le compter soigneusement et de soupeser les pièces entre ses doigts. « Comme il tremble pour ses liards adorés ! Ça ne vient pas ? Attends un peu ! » fit-elle ironiquement en se rapprochant d'un pas. Il recula effrayé, et elle, voyant son effroi, dit en haussant les épaules et en le regardant avec un dégoût indescriptible : « Je ne te prendrai rien ; je crache sur ton argent. Je sais bien qu'ils sont comptés, tes bons petits liards, et que pas un de trop ne doit s'égarer dans le monde. Mais avant tout – et soudain elle lui tapota la poitrine – les petits papiers que tu as cousus là, pour que personne ne te les vole ! »

Et effectivement, comme un cardiaque qui soudain, dans une crise, met la main à sa poitrine, pâle et hésitant, il porta ses doigts à un certain endroit de son vêtement et involontairement ceux-ci y tâtèrent le nid secret, et puis retombèrent, tranquillisés. « Avare ! » fit-elle en crachant. Mais voici que, brusquement, une rougeur passa sur le visage du pauvre martyrisé, et il jeta violemment la bourse à l'autre fille qui d'abord poussa un cri d'effroi et puis éclata de rire, tandis qu'il passait devant elle en courant pour se diriger vers la porte et sortir de là comme d'un incendie.

Un moment encore, elle resta debout, ses yeux brillant de fureur et de méchanceté. Puis ses paupières retom-

bèrent mollement, et la tension de son corps fit place
à l'épuisement. En une minute, elle parut avoir vieilli
et être toute fatiguée. Quelque chose d'incertain et de
vague amortit l'acuité du regard que maintenant elle
me lançait. Elle était là, debout, comme une femme ivre
qui se réveille, éprouvant obscurément un sentiment
de honte. « Il va pleurnicher pour son argent, peut-être
courir à la police, se plaindre que nous l'avons volé. Et
demain il sera encore là, mais il ne m'aura pas. Tous,
mais pas lui ! »

Elle alla au comptoir, y jeta les pièces d'argent et
d'un trait, engloutit un verre d'eau-de-vie. Un éclair
de méchanceté se ralluma dans ses yeux, mais comme
troublé par des larmes de rage et de honte. Mon dégoût
pour elle fut plus fort que la pitié :

« Bonsoir, fis-je, et je m'en allai.

— Bonsoir[1] », répondit la patronne. Elle ne tourna
pas la tête et eut juste un rire, bruyant et ironique.

La ruelle, lorsque je sortis, était pleine d'ombre et
le ciel d'une obscurité compacte et lourde avec, infiniment loin, la lueur de la lune à travers les nuages. Avi-
dement, j'aspirai cet air tiède et pourtant vif ; l'horreur
que j'avais éprouvée fit place à un grand étonnement
en pensant à la variété des destins et – sentiment qui
peut me rendre heureux jusqu'aux larmes – je sentis de
nouveau que toujours, derrière chaque carreau de vitre,
une destinée est aux aguets ; que chaque porte s'ouvre
sur quelque expérience humaine, que la diversité de
ce monde est partout et que de même le coin le plus
ignoble peut contenir un pullulement de vie intense, de
même sur la pourriture reluit l'éclat des scarabées. Le
côté répugnant de cette rencontre s'était déjà dissipé, et

---

1. En français dans le texte, la seconde fois seulement.

la tension que j'avais ressentie, aboutissait maintenant à une douce et heureuse lassitude qui aspirait à métamorphoser cette scène en un rêve idéalisé. Involontairement, mon regard interrogateur se porta autour de moi, pour trouver à travers ce fouillis de ruelles tortueuses, le chemin du retour. Voici alors – il fallait qu'elle se fût approchée de moi bien doucement –, voici qu'une ombre surgit à côté de moi.

« Excusez-moi – je reconnus aussitôt l'humble voix –, mais je crois que vous ne vous repérez pas. Puis-je… vous indiquer votre chemin ? Monsieur habite… ? »

Je dis le nom de mon hôtel.

« Je vous accompagne… si vous le permettez », ajouta-t-il aussitôt humblement. L'horreur me saisit, de nouveau. Ce pas glissant et comme fantomal à mon côté, imperceptible presque et pourtant tout près de moi, l'obscurité de la rue des matelots et le souvenir de ce que je venais de voir firent peu à peu place en moi à un sentiment léthargique et confus, irrésistible et sans aucune netteté. Je sentais, sans la voir, de l'humilité dans les yeux de l'homme, et je remarquais le tremblement de ses lèvres ; je savais qu'il voulait s'entretenir avec moi, mais je ne faisais rien pour l'y aider ou pour l'en empêcher, tellement se rapprochait de la léthargie l'état dans lequel je me trouvais et où la curiosité du cœur et l'engourdissement corporel alternaient par vagues. Il toussota plusieurs fois. Je m'aperçus de l'effort inutile qu'il faisait pour parler, mais je ne sais quelle cruauté, qui était passée mystérieusement de cette femme en moi-même, se réjouissait de voir lutter ainsi en lui la honte et la détresse morale : au lieu de lui faciliter la chose, je laissais peser entre nous ce silence noir. Nos pas résonnaient ensemble, confondus, le sien glissant doucement et comme celui d'un vieillard, le mien intentionnellement ferme et brusque, pour échapper à ce monde malpropre, tous deux se mêlant dans un écho confus. Je sentais toujours plus fortement la tension qu'il y avait entre nous. Ce silence strident et plein d'un cri intérieur, était comme une corde de violon tendue à se briser ; enfin sa parole, d'abord hésitante de terreur, le déchira.

« Vous avez... vous avez... monsieur... vu là une scène étrange... Excusez-moi... excusez-moi si je vous la rappelle... mais elle a dû vous paraître singulière... et moi très ridicule... Cette femme... c'est, en effet... »

Il s'arrêta de nouveau. Quelque chose lui serrait la gorge à l'étrangler. Puis sa voix se fit toute petite, et il murmura précipitamment : « Cette femme... c'est, en effet, ma femme. » J'avais sans doute tressailli d'étonnement, car il reprit avec volubilité, comme s'il voulait s'excuser : « C'est-à-dire... c'était ma femme... il y a cinq ans, il y a quatre ans... à Geratzheim, là-bas, dans la Hesse, où j'ai ma famille... Je ne veux pas, monsieur, que vous pensiez du mal d'elle... C'est peut-être ma faute si elle est comme ça... elle n'a pas toujours été telle... Je... je l'ai tourmentée... Je l'ai prise, bien qu'elle fût très pauvre ; elle n'avait pas même de linge, rien, absolument rien... et moi je suis riche... c'est-à-dire à mon aise... pas riche... ou, du moins, je l'étais autrefois... et savez-vous, monsieur... j'étais peut-être – elle a raison – économe... mais c'est autrefois, monsieur, avant le malheur, et je m'en maudis... Mais mon père était ainsi, et ma mère, tous étaient comme ça, et chaque pfennig m'a coûté un dur effort... Quant à elle, légère, elle aimait les belles choses, bien que pauvre, et je le lui ai toujours reproché... Je n'aurais pas dû le faire, je le sais maintenant, monsieur, car elle est fière, très fière. Il ne faudrait pas croire qu'elle est réellement ce pour quoi elle se donne... C'est un mensonge, et elle se fait à elle-même du mal... simplement... simplement pour me faire du mal, pour me torturer... et... parce que... parce qu'elle a honte... Peut-être qu'elle est devenue mauvaise, mais je... je ne le crois pas... car, monsieur, elle était très bonne, très bonne... »

Il s'essuya les yeux et s'arrêta sous le coup d'une émotion trop forte. Involontairement, je le regardai et tout à coup, il ne me parut plus ridicule du tout, et même je ne m'aperçus plus de l'expression singulière et servile qu'il employait, de ce « *mein Herr* » qui, en Allemagne, est particulier aux basses classes. Son visage était travaillé par l'effort intérieur qu'il faisait pour parler, et son regard, maintenant qu'il avait repris lourdement sa marche chancelante, était fixé au pavé, comme s'il y déchiffrait péniblement, à la lumière vacillante, ce qui sortait si douloureusement de sa gorge convulsivement serrée.

« Oui, monsieur, fit-il alors en respirant profondément et avec une voix sombre, toute différente, qui semblait venir d'une région moins dure de son être, elle était très bonne... même pour moi, elle était très reconnaissante que je l'eusse arrachée à sa misère... et je le savais aussi qu'elle était reconnaissante... mais je... voulais l'entendre me le dire... toujours à nouveau... constamment... Cela me faisait du bien de l'entendre me remercier... monsieur, c'était si bon, si infiniment bon de croire... de croire qu'on est meilleur, quand... alors qu'on sait qu'on est le pire... J'aurais donné tout mon argent pour l'entendre sans cesse… et elle était très fière, et voulait toujours moins me remercier lorsqu'elle remarqua que je l'exigeais, ce remerciement… C'est pour cela… rien que pour cela… monsieur, que je me faisais toujours prier… que je ne lui donnais rien de mon propre gré… Il m'était agréable qu'elle fût obligée, pour chaque vêtement, pour chaque ruban, de venir me trouver et de me le demander comme une mendiante… Pendant trois années, je l'ai torturée de la sorte, toujours davantage… Mais, monsieur, c'était seulement parce que je l'aimais… Son orgueil me faisait plaisir, et pourtant je voulais toujours le briser, moi, insensé ! Et quand elle désirait quelque chose, je me fâchais ; mais, monsieur, en moi-même, je n'étais pas fâché du tout. J'étais heureux de chaque occasion que j'avais de pouvoir l'humilier, car… car je ne savais pas combien je l'aimais… »

De nouveau, il s'arrêta. Il se remit en marche tout chancelant. Manifestement, il m'avait oublié. Il parlait machinalement, comme dans un songe, d'une voix toujours plus forte.

« Cela… je l'ai su seulement lorsque, alors… en ce jour maudit… je lui avais refusé de l'argent pour sa mère, très peu, tout à fait peu… c'est-à-dire que je l'avais déjà préparé, mais je voulais qu'elle vînt encore une fois… encore une fois me supplier… oui, que disais-je ?… Oui, je l'ai su alors, lorsque je rentrai le soir chez moi, et qu'elle était partie, et qu'il y avait un bout de papier sur la table… "Garde ton maudit argent, je ne veux plus rien de toi"… y était-il écrit, pas autre chose… Monsieur, j'ai été comme un fou, pendant trois jours et trois nuits. J'ai fait fouiller la rivière, ainsi que la forêt : j'ai donné des billets de cent à la police… j'ai couru chez tous les voisins, mais ils n'ont fait que

rire et se moquer de moi… Rien, on ne trouva rien…
Enfin quelqu'un m'apporta une nouvelle du village d'à
côté… il l'avait vue… dans le train, avec un soldat…
Elle était allée à Berlin… Le même jour, je suis parti à
sa recherche… j'ai abandonné mes affaires, j'ai perdu
des mille et des cents… on m'a volé, mes domestiques,
mon régisseur, tous… Mais, je vous le jure, monsieur,
ça m'était indifférent… Je suis resté à Berlin ; il a fallu
une semaine pour que je la découvrisse dans ce tour-
billon de gens… et je suis allé à elle… » Il respira lourdement.

« Monsieur, je vous le jure… je ne lui ai dit aucune
dure parole… j'ai pleuré… Je me suis mis à genoux…
je lui ai offert de l'argent… toute ma fortune, c'est elle
qui l'administrerait, car alors, je le savais déjà… je ne
pouvais pas vivre sans elle. J'aime le moindre de ses
cheveux… sa bouche… son corps, tout, tout… et c'est
moi, moi qui l'ai jetée dans l'abîme, moi seul… Elle
était blême comme la mort, lorsque j'entrai soudain…
J'avais soudoyé sa propriétaire, une entremetteuse, une
mauvaise, une ignoble femme… Elle était là, blanche
comme la chaux sur le mur… elle m'écoutait. Monsieur, je crois qu'elle était… oui… presque joyeuse de
me voir… Mais, quand je vins à parler d'argent… et je
ne l'ai fait, je vous le jure, que pour lui montrer que je
n'y pensais plus… elle s'est mise à cracher, et puis…
parce que je ne voulais pas encore m'en aller, elle a
appelé son amant, et ils se sont moqués de moi… Mais,
monsieur, je suis revenu jour après jour. Les locataires
m'ont tout raconté : je sus que, la canaille, il l'avait
abandonnée et qu'elle était dans le besoin, et alors j'y
revins encore une fois… encore une fois, monsieur ;
mais elle me rudoya et déchira un billet de banque que
j'avais mis furtivement sur la table, et lorsque j'y retour-

nai, elle était partie… Que n'ai-je pas fait, monsieur,
pour la retrouver ! Pendant une année, je vous le jure,
je n'ai pas vécu ; je n'ai fait que chercher ; j'ai payé
des agences, jusqu'au moment où j'appris qu'elle était
là-bas, en Argentine… dans… un mauvais lieu… » Il
hésita un instant ; le dernier mot était comme un râle. Et
sa voix devint plus sombre.

« Je fus désespéré… d'abord ; mais ensuite je réflé-
chis que c'était moi, moi seul qui l'avais précipitée là-
dedans… et je songeais combien elle devait souffrir, la
pauvre… car elle est fière avant tout… J'allai trouver
mon avocat, qui écrivit au consul et envoya de l'argent…
sans lui dire qui le donnait… il lui écrivit seulement
de revenir… On me télégraphia que tout avait réussi…
Je connaissais le nom du navire… et à Amsterdam je
l'attendis… J'étais venu trois jours trop tôt ; aussi je brû-
lais d'impatience… enfin il arriva. J'étais plein de joie
rien que d'apercevoir à l'horizon la fumée du paquebot,
et je crus que je ne pourrais jamais attendre qu'il jetât
l'ancre et qu'il s'amarrât… si lentement, si lentement ;
et puis, les passagers franchirent la passerelle et enfin,
elle enfin… Je ne la reconnus pas tout de suite… elle
était autrement… maquillée… et déjà ainsi… ainsi que
vous l'avez vue… et lorsqu'elle me vit l'attendant, elle
devint pâle… deux matelots durent la soutenir, sinon elle
serait tombée de la passerelle… Dès qu'elle fut à terre,
je me plaçai à son côté… je ne dis rien… mon gosier
était fermé… Elle non plus ne disait rien… et ne me
regardait pas… Le commissionnaire portait les bagages
devant nous, et nous marchions, nous marchions… Voici
que soudain, elle s'arrêta et dit… monsieur, comme elle
prononça ces mots !… Cela me fit cruellement mal, si
triste était le son de sa voix… "Me veux-tu toujours
pour ta femme, même à présent ?"… Je la pris par la

main… Elle trembla mais ne dit rien. Cependant, je sentis que maintenant tout était réparé… monsieur, comme j'étais heureux! Lorsque je l'eus dans la chambre, je dansai autour d'elle, comme un enfant; je tombai à ses pieds… Je lui dis sans doute des choses folles… car elle souriait sous ses larmes, et elle me caressait… très timidement, comme il est naturel… Mais monsieur… comme cela me faisait du bien… Mon cœur fondait. Je montai et descendis l'escalier en courant, je commandai un dîner dans l'hôtel… notre repas de noce… Je l'aidai à s'habiller… et nous descendîmes, nous mangeâmes et nous bûmes et nous étions joyeux… Oh! elle était si contente, comme un enfant, si chaleureuse et si bonne, et elle parlait de notre maison… et de la façon dont nous allions maintenant remettre tout en ordre… Alors… » Sa voix devint rauque, brusquement, et il fit un geste avec la main, comme s'il eût voulu assommer quelqu'un. « …Alors… il y avait là un garçon… un mauvais homme, un misérable… qui crut que j'étais ivre, parce que j'étais fou et que je dansais et que je riais à me tordre… tandis qu'en réalité c'était simplement le bonheur… Oh! j'étais si heureux, et voici que… lorsque je payai, il me rendit vingt francs de moins que mon compte. Je l'apostrophai et je réclamai le reste; il était embarrassé et posa sur la table la pièce d'or… Alors… elle se mit tout à coup à rire aux éclats… Je la regardai fixement, mais son visage était changé… devenu brusquement ironique, dur, méchant. "Comme tu es toujours parcimonieux… même le jour de notre noce", dit-elle très froidement, sur un ton tranchant, et avec… avec tant de pitié. Je tressaillis et je maudis mon exactitude. Je m'efforçai de rire de nouveau, mais sa gaieté était partie… était morte… Elle demanda une chambre à part… Que ne lui aurais-je pas accordé? Et je passai la nuit tout seul, à songer à ce que je lui achèterais le lendemain matin… au cadeau que je lui ferais… pour lui montrer que je n'étais pas avare… que je ne le serais plus jamais à son égard. Le lendemain matin, je sortis de très bonne heure, j'achetai un bracelet, et lorsque je pénétrai dans sa chambre… elle était… elle était vide… tout comme la première fois. Et je savais que sur la table il y aurait un bout de papier… Je m'avançai en courant, priant Dieu que ce ne fût pas vrai… mais… mais… il y était pourtant… Et il y avait dessus… » Il hésita. Involontairement je m'étais arrêté et je le regardais. Il baissa la tête. Puis il murmura d'une voix enrouée :

« Il y avait dessus : "Laisse-moi en paix. Tu me répugnes…" »

Nous étions arrivés au port, et soudain éclata dans le silence la grondante respiration de la mer toute proche. Avec des yeux étincelants comme de grands animaux noirs, les navires étaient là, tout près ou plus éloignés, et on entendait quelque part chanter. Rien n'était distinct, et pourtant on pressentait une foule de choses, comme un vaste sommeil et comme le songe alourdi d'une puissante ville.

À côté de moi, je percevais la présence de l'ombre, de cet homme ; elle tremblotait fantastiquement à mes pieds, tantôt se décomposant et tantôt se recroquevillant, à la lumière changeante des troubles lanternes. Je ne pouvais rien dire, aucun mot de consolation, aucune question, mais son silence se collait à moi, pesant et oppressant. Voici que soudain il me saisit le bras avec un tremblement.

« Mais je ne m'en irai pas d'ici sans elle… Après de longs mois, je l'ai retrouvée… Elle me martyrise, mais je ne me lasserai pas… Je vous en conjure ; monsieur, parlez-lui… Il faut qu'elle soit à moi, dites-

le-lui... Moi, elle ne m'écoute pas... Je ne puis plus
vivre ainsi... Je ne puis plus voir les hommes aller à
elle... et attendre dehors devant la maison, jusqu'à ce
qu'ils ressortent... ivres et rieurs... Toute la rue me
connaît déjà... Ils rient quand ils me voient attendre...
Cela me rend fou... et pourtant, chaque soir, j'y
reviens... Monsieur, je vous en conjure... parlez-lui...
Je ne vous connais pas, mais faites-le, pour l'amour de
Dieu... parlez-lui... »

Involontairement, je cherchai à dégager mon bras.
J'étais horrifié. Mais lui, sentant que je me détournais
de son infortune, tomba soudain à genoux au milieu de
la rue et embrassa mes pieds :

« Je vous en conjure, monsieur... il faut que vous
lui parliez... Il le faut... autrement... autrement il va
se passer quelque chose d'épouvantable... J'ai dépensé
tout mon argent pour la chercher, et je ne la laisserai
pas ici... pas ici vivante... Je me suis acheté un couteau... J'ai un couteau, monsieur... Je ne veux plus
qu'elle reste ici... vivante... Je ne le supporte plus...
Parlez-lui, monsieur... »

Il se roulait comme un fou devant moi. À ce moment,
deux agents de police venaient vers nous dans la rue.
Je le relevai violemment. Un instant, il me regarda
comme un dément. Puis il dit, d'une voix tout autre,
sèchement :

« Vous tournez dans cette rue. Puis vous êtes à votre
hôtel. » Une fois encore il me regarda fixement, avec
des yeux dont les pupilles paraissaient noyées dans une
blancheur et un vide effrayants. Puis il disparut.

Je m'enveloppai dans mon manteau. Je frissonnais.
Je ne ressentais que lassitude, une ivresse confuse,
apathique et noire, un sommeil ambulant couleur de
pourpre. Je voulais penser un peu, réfléchir à tout cela,

mais toujours ce flot noir de lassitude s'élevait en moi et m'emportait. J'entrai à l'hôtel en tâtonnant, je me laissai tomber dans mon lit, et je m'endormis lourdement, comme une bête.

Le lendemain matin, je ne savais plus ce qu'il y avait là-dedans de rêve ou de réalité, et quelque chose en moi m'interdisait de me le demander. Je m'étais éveillé tard, étranger dans une ville étrangère, et j'allai visiter une église, dans laquelle il y avait des mosaïques antiques d'une grande célébrité. Mais mes yeux restaient égarés dans le vide ; la rencontre de la nuit passée revenait à mon esprit de plus en plus nettement, et cela m'entraîna irrésistiblement à chercher la rue et la maison. Mais ces étranges rues ne vivent que la nuit ; le jour, elles portent des masques gris et froids, sous lesquels l'initié seul peut les reconnaître : J'eus beau la chercher, je ne la trouvai pas. Fatigué et déçu, je rentrai à l'hôtel, poursuivi par les figures qu'agitait en moi l'illusion ou le souvenir.

Mon train partait à 9 heures du soir. Je quittai la ville à regret. Un commissionnaire vint prendre mes bagages et, lui devant moi, nous nous dirigeâmes vers la gare. Soudain, à un croisement de rues, j'eus comme un choc : je reconnus la rue latérale qui menait à cette maison ; je dis au porteur de m'attendre et – tandis que d'abord étonné, il se mettait ensuite à rire d'un air impertinent et familier – j'allai jeter un dernier regard dans cette ruelle de l'aventure.

Elle était là, dans l'obscurité, sombre comme la veille, et dans l'éclat mat de la lune, je vis briller les carreaux de la porte de cette maison. Je voulus m'approcher une dernière fois, quand une figure humaine glissa hors de l'ombre. Je reconnus en frissonnant l'homme qui était là blotti sur le seuil et qui me faisait signe d'avancer.

Mais un frémissement me saisit, et je m'enfuis au plus vite, lâchement, de crainte d'être mêlé à quelque affaire et de rater mon train.

Pourtant, parvenu au coin de la rue, avant de tourner, je regardai encore une fois derrière moi. Lorsque mon regard rencontra l'homme, celui-ci eut un haut-le-corps ; je le vis se ramasser précipitamment, bondir contre la porte et l'ouvrir brusquement. À cet instant, un éclat de métal brilla dans sa main : je ne pus distinguer de loin si c'était de l'argent ou bien le couteau qui, au clair de lune, luisait perfidement entre ses doigts...

Table

Le Livre de Poche s'engage pour
l'environnement en réduisant
l'empreinte carbone de ses livres.
Celle de cet exemplaire est de :

200 g éq. CO$_2$

Rendez-vous sur
www.livredepoche-durable.fr

**PAPIER À BASE DE
FIBRES CERTIFIÉES**

Composition réalisée par DATAGRAFIX

Achevé d'imprimer en décembre 2016 à Barcelone par
CPI BLACKPRINT
Dépôt légal 1re publication : février 2013
Édition 07 - décembre 2016
LIBRAIRIE GÉNÉRALE FRANÇAISE – 21, rue du Montparnasse – 75298 Paris Cedex 06

31/7547/8